EL MILAGRO DEL HERMANUCO

EMILIA PARDO BAZÁN

ISBN 9791041812295
deposito legal : mayo 2023
copyright : Culturea ediciones
culturea.fr

EL MILAGRO DEL HERMANUCO

Para contrastes, el de la comunidad de Recoletas de Marineda con su hermanuco, donado o sacristán, que no sé a punto cierto cuál de estos nombres le cae mejor.

Son las Recoletas de Marineda ejemplo de austeridad monástica; gastan camisa de estameña; comen de vigilia todo el año; se acuestan en el suelo, sobre las losas húmedas, con una piedra por almohada; se disciplinan cruelmente; se levantan a las tres de la mañana para orar en el coro; hablan al través de doble reja y un velo tupido; para consultar con el médico no descubren la cara, y son tan pobres, que los republicanos carniceros o polleros del mercado y las lengüilargas verduleras, al ver pasar al hermanuco con la cesta, deslizan en ella el pedazo de vaca, el par de huevos, la patata, el cuarto de gallina, el torrezno, diciendo expresivamente: "Que sea para las madres, ¿eh?; para las enfermas." Porque saben que siempre hay en la enfermería dos o tres recoletas, lo menos, y que si no lo reciben de limosna, no tendrían caldo, pues ni la regla ni la necesidad les permiten salir de bacalao y sardina.

No quedaban tranquilas, sin embargo, las caritativas verduleras, y lo probaba lo recalcado de la frase: "Que sea para las madres, ¿eh?" Porque así como se figuraban a las recoletas escuálidas, magras, amarillas y puntiagudas, así veían de rechoncho, barrigón, coloradote y enjundioso al donado.

Constábales, además -y a alguna por experiencia-, que el ejemplo de las madres surtía en el donado efectos contraproducentes, y que tanto cuanto eran las madres de castísimas, humildes, ayunadoras y sufridoras, era el donado... de todos los vicios opuestos a estas virtudes. No obstante, su humor jovial y bufonesco, sus cuentos verdes, sus equívocos, sus dicharachos, sus sátiras, le habían granjeado cierta popularidad en puestos y tenduchos.

Referíanse de él gorjas enormes, convites burlescos en que hacía de mesa un ataúd y de servilleta una pierna de calzoncillo; escenas cómicas de exorcismos y conjuros en que sacaba los demonios del cuerpo a las mozas con un gancho de escarbar la lumbre... y otras mil invenciones que se reían a carcajadas, y que lejos de perjudicar al donado le formaban aureola.

Acaso la plebe, subyugada y confundida ante la sublimidad de las mártires recoletas, encontraba alivio y descanso festejando en el hermanuco al gremio de la pecadora Humanidad.

Había en cambio una clase de mujeres que profesaban al hermanuco ojeriza singular y declarada, y decían de él horrores: eran las beatas, cosa de docena a docena y media de vestigios que no sabían salir de la iglesia del convento de Recoletas y a quienes no les parecía buena y cabal la misa, la novena ni ninguna clase de devoción, sino dentro de aquellas cuatro paredes.

La antipatía entre el hermanuco y las beatas nació precisamente de que andaba rabiando por cerrar, para largarse a donde el diablo sabía. En vano recorría la iglesia repicando el manojo de llaves; en vano tosía y mondaba el pecho y describía semicírculos alrededor de las arrodilladas, pues éstas, como si lo hiciesen a propósito, con los ojos en blanco y las manos juntas, continuaban bisbisando sus interminables, sus kilométricos rosarios. Si el hermanuco se dejase llevar de su genio, claro está que les daría con la escoba como a las cucarachas; lo malo era que la madre abadesa le tenía severamente prohibida toda viveza, todo regaño, toda descortesía con aquellas recoletas seculares, y si fracasaban las insinuaciones, no había más que aguardar cachazudamente a que se acabasen los "misterios gloriosos", o el septenario, o la meditación.

Distinguíase entre las demás una devota, no solo por la morosidad de sus rezos, sino por su catadura y años. Era el rostro de doña Mariquita de aquellos que, según Quevedo, pueden servir a San Antonio de tentación y cochino: en mitad de la chupada boca quedábale un solo diente, largo, temblón, diente que había inspirado a un ingenio local esta frase: "Así como hay ojos que muerden, hay dientes que miran y hasta que hacen guiños." Para no creer que doña Mariquita iba a salir volando por la chimenea, a horcajadas en una escoba, era preciso recordar su mucha piedad, su continua oración, su incesante persecución de confesores, su sed perpetua de agua bendita. Así y todo, el hermanuco la nombraba siempre "la bruja".

Es de saber que cada devota tenía en la iglesia de las Recoletas su rincón predilecto, y que el hermanuco, al hacer la diaria requisa antes de cerrar, sabía de fijo que a doña Petronila, verbigracia, la encontraría bajo las alas de San Miguel; a doña Regaladita Sanz, acurrucada ante el Corazón de Jesús, y a doña Mariquita, en monólogo al pie del Cristo de la Buena Hora.

En esto de devoción, como en todo, hay gente afecta a novedades; y si Regaladita Sanz y otras de su escuela andaban siempre averiguando la última moda de la piedad y no hablaban sino de los Corazones, ni rezaban sino a esos cromos abigarrados que hoy se ven en todas las iglesias, las beatas del temple de doña Mariquita se atenían a las antiguas advocaciones y a las formas que ya van cayendo en desuso. Para doña Mariquita no había en las Recoletas más efigie que la del Cristo de la Buena Hora.

Segura estoy de que a mí me pasaría lo mismo, y si entro en la iglesia, flechada me voy también a la sombría capilla, de negra verja rechinante, y altar donde, sobre un fondo rojo oscuro, se alza la inmensa cruz, sosteniendo el cuerpo lívido, estriado de sangre, pendiente y desplomado sobre las crispadas piernas. Está el Cristo de la Buena Hora representado en ocasión de pronunciar alguna de las siete desgarradoras Palabras, pues tiene la boca entreabierta y la faz no caída sobre el pecho, sino un tanto erguida, con esfuerzo doloroso. No le falta la correspondiente enagüilla de terciopelo negro, bordada de plata, y bajo sus pies taladrados y contraídos, tres huevos de avestruz recuerdan la devoción de algún navegante.

Una sola lamparita mortecina alumbra la imagen y deja entrever -o dejaba, porque ahora se ha procedido a recoger estos ingenuos emblemas- amarillentos exvotos, brazos, piernas, figuritas de niños.

El nombre de Cristo de la Buena Hora da a entender, sin embargo, que lo que se pide a aquella efigie no es la salud del cuerpo, sino la del alma, la muerte no repentina, sino con arrepentimiento, con sacramentos, con todos los auxilios y remedios espirituales. Y esto solicitaba con tal fervor doña Mariquita -según las investigaciones del hermanuco-, y por eso, como cada día estaba la buena hora más próxima y la gordivieja beata arrastraba las piernas con mayor dificultad cada día, también prolongaba más las oraciones y cada día obligaba al donado a cerrar más tarde: así es que el donado había llegado a aborrecer al vejestorio, y al cabo se propuso jugarle alguna pasada que le quitase el hipo de tanto rezuqueo.

Discurriendo y discurriendo, acabó por encontrar una traza a su parecer muy linda. El camarín del Cristo era bastante hondo y tenía acceso por la sacristía, y el paño o cortinaje que lo revestía estaba suelto, de modo que, trepando al altar, no era difícil quedarse escondido detrás del paño, de suerte que nadie pudiese sospechar allí la presencia de un hombre.

Habiendo ensayado la habilidad, el hermanuco esperó el momento en que, abierta la iglesia por la tarde, se aparecía doña Mariquita.

Todo sucedió según estaba prevenido. Cuando la devota se hincó de rodillas en el suelo de costumbre, el hermanuco, agazapado, la espiaba por un agujero hecho en la cortina.

Conviene no omitir una circunstancia, y es que aquel donado irreverente, mofador epicúreo de sacristía y volteriano de plazuela, solo sentía cierta aprensión muy parecida al respeto ante la efigie del Cristo de la Buena Hora. Hubiese preferido mucho que su maligna travesura tuviera por teatro la capilla del Arcángel o el altar nuevo de la Saleta. Hasta creo que al subir agarrándose a las piernas del Cristo, le temblaban un poco las suyas al donado. El deseo de venganza contra doña Mariquita pudo más que aquella medrosa impresión, y desde que vio llegar a la vieja saboreó anticipadamente el placer del triunfo.

Dejó a la devota enfrascarse en su monólogo, prestando oído a fin de graduar mejor el efecto, y así que la vio con las manos enclavijadas y los ojos fijos en el rostro de la imagen; así que la oyó murmurar con ansia: "Señor mío Jesucristo, dame una buena horita, una buena horita", el maldito hermano se aferró bien, adelantó la cara hasta subirla a la altura de la del Cristo y, lentamente, con voz sepulcral y cavernosa articuló estas terribles palabras: "Tus oraciones no llegan a mí."

Se oyó un golpe sordo. Doña Mariquita había caído al suelo.

El hermanuco, sin poderse reprimir, soltó la risa.

Transcurrieron dos minutos, tres, y ya ningún ruido turbó el silencio de la capilla. Entonces el hermanuco, algo alarmado, salió de su escondite y, bajándose, tomó en peso a la devota, al parecer privada de sentido.

Un recelo inexplicable se apoderó del burlador: corrió a la pila del agua bendita, mojó un pañuelo y lo aplicó a las sienes de la vieja. Ni por ésas; lejos de volver en sí, doña Mariquita pesaba cada vez más, como pesa el cuerpo muerto.

"¡Zambomba! -pensó-. ¿A que esta bruja me quiere dar un susto y se hace la desmayada?" Tomó una aguja del moño de doña Mariquita y se la afincó en un carrillo, primero suave, luego recio. Nada: como si la hubiese clavado en un tapón de corcho.

Gotitas de sudor frío asomaron en la raíz de cada pelo del hermanuco, que empezó a entrever la espantosa verdad.

Por no mirar a la difunta, que estaba más fea aún que de viva; por no verle en la sima de la abierta boca aquel único diente acusador, y también por el instinto de pedir socorro que nos asalta en las grandes congojas, el sacrílego hermanuco miró al Cristo como si le dijese: "Resucítame este estafermo, Señor; resucítame este estafermo, y haré penitencia, y seré honrado, piadoso, continente, sobrio y humilde."

Al implorarle, y en medio de su turbación, el rostro de Cristo le pareció más importante, mucho más, que el de la beata; y de sus ojos airados, de sus labios entreabiertos, sintió caer una maldición solemne.

Así fue como las Recoletas de Marineda se quedaron sin hermanuco. Tuvo que dejar el oficio, porque no hubo fuerzas humanas que le moviesen a cruzar otra vez el umbral de la capilla del Cristo.

No por eso se convirtió. Al contrario, arreció en sus vicios y en sus maulas; pero repito que a la capilla, ni atado.

Y cuando oía nombrar la Buena Hora, un escalofrío le corría por la espalda. Hízose muy borrachín de aguardiente de caña, y al preguntarle las verduleras por qué andaba siempre chispo, respondía cínicamente:

-Porque así no sabe el hombre cuándo viene la hora.

MADRE

Cuando me enseñaron a la condesa de Serena, no pude creer que aquella señora fuese, hará cosa de cinco años, una hermosura de esas que en la calle obligan a volver la cabeza y en los salones abren surco. La dama a quien vi con un niño en brazos y vigilando los juegos de otro, tenía el semblante enteramente desfigurado, monstruoso, surcado en todas direcciones por repugnantes cicatrices blancuzcas, sobre una tez denegrecida y amoratada; un ala de la nariz era distinta de la compañera, y hasta los últimos labios los afeaba profundo costurón. Solo los ojos persistían magníficamente bellos, grandes, rasgados, húmedos, negrísimos; pero si cabía compararlos al sol, sería al sol en el momento de iluminar una comarca devastada y esterilizada por la tormenta.

Noté que el amigo que nos acompañaba, al pasar por delante de la condesa, se quitó el sombrero hasta los pies y saludó como únicamente se saluda a las reinas o a las santas, y mientras dábamos vueltas por el paseo casi solitario, el mismo amigo me refirió la historia o leyenda de las cicatrices y de la perdida hermosura, bajando la voz siempre que nos acercábamos al banco que ocupaba la heroína del relato siguiente:

-La condesa de Serena se casó muy niña, y enviudó a los veintiún años, quedándole una hija, a la cual se consagró con devoción idolátrica.

La hija tenía la enfermiza constitución del padre, y la condesa pasó años de angustia cuidando a su Irene lo mismo que a planta delicada en invernadero. Y sucedió lo natural: Irene salió antojadiza, voluntariosa, exigente, convencida de que su capricho y su gusto eran lo único importante en la tierra.

Desde el primer año de viudez rodearon a la condesa los pretendientes, acudiendo al cebo de una beldad espléndida y un envidiable caudal. De la beldad podemos hablar los que la conocimos en todo su brillo y -¿a qué negarlo?- también suspiramos por ella.

Para imaginarse lo que fue la cara de la condesa, hay que recordar las cabezas admirables de la Virgen, creadas por Guido Reni: facciones muy regulares y a la vez muy expresivas, tez ni morena ni blanca, sino como dorada por un reflejo solar; agregue usted la gallardía del cuerpo, la morbidez de las formas, la riqueza del pelo y de los dientes, y esos ojos que aún pueden verse ahora..., y comprenderá que tantos hombres de bien anduviesen vueltos tarumba por consolar a la dama.

Perdieron, digo, perdimos el tiempo lastimosamente; ella se zafó de sus adoradores, despachando a los tercos, convirtiendo en amigos desinteresados a los demás, convenciendo a todos de que ni se volvía a casar ni pensaba en otra cosa sino en su hija, en fortalecerle la salud, en acrecentarle la hacienda. Vimos que era sincero el propósito; comprendimos que nada sacábamos en limpio; observamos que la condesa se vestía y peinaba de cierto modo que indica en la mujer desarme y neutralidad absoluta y nos conformamos con mirar a la hermosa lo mismo que se mira un cuadro o una estatua.

Y empleo la palabra mirar, porque hasta las palabras lisonjeras y galantes conocimos que no eran gratas a la condesa, sobre todo desde que Irene empezó a espigar y presumir. Quiso la mala suerte que la hija de tan guapa señora heredase, al par que el temperamento, los rasgos fisonómicos de su padre, por lo cual Irene, en la flor de la juventud, era una mocita delgada y pálida, sin más encantos que eso que suele llamarse belleza del diablo y yo comparo al saborete del agraz. Y la misma suerte caprichosa hizo que la condesa, acaso por efecto de la vida metódica y retirada en que economizó sus fuerzas vitales, entrase en el período de treinta a treinta y cinco luciendo tan asombrosa frescura, tal plenitud de todas sus gracias, que a su lado la chiquilla daba compasión.

De nada servía que su madre la emperejilase y se impusiese a sí propia la mayor modestia en trajes y adornos; los ojos de las gentes se fijaban en el soberano otoño, apartándose de la primavera mustia, y en la calle, en la iglesia, en el campo, en los baños, doquiera que la madre y la hija apareciesen juntas, indiscretas y francas exclamaciones humillaban a Irene en lo más delicado de su vanidad femenil y herían a la condesa en lo más íntimo de su ternura maternal.

Fue peor todavía cuando, llegado el momento de introducir a Irene en lo que por antonomasia se llama sociedad, la condesa, que no había de presentarse hecha la criada de su hija, tuvo que adornarse, escotarse y lucir otra vez joyas y galas. Por más que ajustase su vestir a reglas de severidad y seriedad que nunca infringía; por más que los colores oscuros, las hechuras sencillas, la proscripción de toda coquetería picante en el tocado dijesen bien a las claras que solo por decoro se engalanaba la condesa, lo cierto es que el marco de riqueza y distinción duplicaba su hermosura divina, y de nuevo la asediaban los hombres, engolosinados y locos. De Irene apenas sí hacía caso algún muchacho imberbe, y hubo ocasiones en que la madre, con piadosa astucia, toleró las asiduidades de apuesto galán para adquirir el derecho de que sacase a bailar a Irene o la llevase al comedor.

Lo triste era que ya Irene, mortificada, ulcerado su amor propio, se mostraba desabrida con su madre y pasaba semanas enteras sin hablarle. Notaba también la condesa que los párpados de la muchacha estaban enrojecidos y varias veces, al animarla a que se vistiese para alguna fiesta, Irene había respondido: "Ve tú; yo no voy, no me divierto." De estas señales infería la condesa que roían a Irene la envidia y el despecho, y en vez de enojo, sentía la madre lástima infinita. Con vida y alma se hubiese quitado -a ser posible- aquella tez de alabastro y nácar, aquellos ojos de sol, y poniéndolos en una bandeja, como los de Santa Lucía, se los hubiese ofrecido a su niña, al ídolo de toda su honrada y noble existencia.

No pudiendo regalar su beldad a Irene, pensó que resolvía el conflicto buscándole novio. Satisfecha con el amor de su esposo, pudiendo ir con él a todas partes y retirada la condesa en su hogar, cesaba la tirante situación de madre e hija.

Encontrar marido para la rica Irene no era difícil, pero la condesa aspiraba a un hombre de mérito y su instinto de madre la guió para descubrirle y para aproximarle a Irene, preparando los sucesos. El elegido -Enrique de Acuña- era uno de los muchos admiradores y veneradores de la condesa, y puede asegurarse que influyó en él ese sentimiento que nos lleva a preferir para esposas a las hijas de las mujeres a quienes profesamos estimación altísima, y a quienes no hemos amado, pura y simplemente, porque sabemos que no se dejarían amar. Persuadida la condesa de que Enrique reunía prendas no comunes de talento y corazón; viéndole tan guapo, tan digno de ser querido, tan hombre y tan caballero, en suma, trabajó con inocente diplomacia y triunfó, pues no tardaron Irene y Enrique en ser amartelados prometidos.

Casáronse pronto y salieron a hacer el acostumbrado viaje de luna de miel, que fue un siglo de dolor para la condesa. Acostumbrada a absorber su vida en la de su hija, a existir por ella y para ella solamente, ni sabía qué hacer del tiempo, ni podía habituarse a no ver a Irene apenas despertaba, a no besarla dormida. Ya se sentía enferma de nostalgia, cuando regresaron a Madrid los novios.

La condesa notó con alegría que su yerno le demostraba vivo cariño, gran deferencia y familiaridad como de hermano. Le consultaba todo; juntos trabajaban en el arreglo de las cuestiones de interés, y en broma solía repetir Enrique que, solo por tener tal suegra, cien veces volvería a casarse con Irene Serena. La satisfacción de la condesa, no obstante, duró poco, pues advirtió que, según Enrique extremaba los halagos y el afecto, Irene reincidía en la antigua sequedad y dureza y en los desplantes y murrias. Delante de su marido conteníase; pero apenas él volvía la espalda, ella daba suelta al mal humor y a la acritud de su genio.

Cierto día, saliendo la condesa a ver unos solares que deseaba adquirir, encontró en la puerta a Enrique, que se ofreció a acompañarla. A la mesa, por la noche, Enrique habló de la excursión, y dijo, riendo, que por poco le cuesta un lance acompañar a su suegra, pues todos le decían flores y hasta un necio la siguió, requebrándola...

-¿No sabes? -añadió Enrique, dirigiéndose a Irene-. Tuve que llamarle al orden al caballerito... Lo gracioso es que me tomó por marido de tu mamá, y yo, para hacerle rabiar, le dije que sí lo era...

Al oír esto, Irene se levantó de la mesa, arrojando la servilleta al suelo; corriendo salió del comedor y la oyeron cerrar con estrépito la puerta de su cuarto. Miráronse la madre y el esposo, y aquella mirada todo lo reveló; no necesitaron hablar. Enrique, ceñudo, siguió a su mujer y se encerró con ella. Al cabo de media hora vino inmutadísimo a decir a la condesa que Irene no quería vivir más en la casa materna, y que era tal su empeño de irse, que si no se realizaba la separación, amenazaba con hacer cualquier disparate.

-Pero tranquilícese usted -añadió en amargo tono de reconcentrada cólera-, he sabido imponerme y la he tratado con severidad, porque lo merece su locura.

Y como la condesa, más pálida que un difunto, se apoyase en un mueble por no caer, exclamó Enrique:

-¡Señora, el carácter de su hija de usted preveo que nos costará muchas penas a todos!...

Estas interioridades se supieron, según costumbre, por los criados, que las cazaron al vuelo entre cortinas y puertas; y ellos, los enemigos domésticos, fueron también los que divulgaron que el día del disgusto la señora condesa se acostó dolorida y preocupada y no se fijó en que quedaba la luz ardiendo cerca de las cortinas; de modo que, a media noche, despertó envuelta en llamas, y aunque pudo evitar la desgracia mayor de perder la vida, no evitó que la cara padeciese quemaduras terribles.

Con el susto y la impresión y la asistencia, Irene olvidó su enfado, y desde aquel día vivieron en paz: el señorito Enrique, muy metido en sí; la señora, cada vez más retirada del mundo, pensando solo en cuidar a los niños que le fueron naciendo a la señorita.

-¿Qué opina usted de las quemaduras de la condesa? -preguntó al llegar aquí el narrador.

-Que esta María Coronel vale más que la otra -respondí, inclinándome a mi vez ante la madre de Irene, la cual, sospechando que hablábamos de ella, se levantó y se retiró del paseo con sus nietecillos de la mano.

CUENTO PRIMITIVO

Tuve yo un amigo viejo, hombre de humor y vena, o como diría un autor clásico, loco de buen capricho. Adolecía de cierta enfermedad ya anticuada, que fue reinante hace cincuenta años, y consiste en una especie de tirria sistemática contra todo lo que huele a religión, iglesia, culto y clero; tirria manifestada en chanzonetas de sabor más o menos volteriano, historietas picantes como guindillas, argumentos materialistas infantiles de puro inocentes, y teorías burdamente carnales, opuestas de todo en todo a la manera de sentir y obrar del que siempre fue, después de tanto alarde de impiedad barata, persona honradísima, de limpias costumbres y benigno corazón.

Entre los asuntos que daban pie a mi amigo para despacharse a su gusto, figuraba en primer término la exégesis, o sea la interpretación -trituradora, por supuesto- de los libros sagrados. Siempre andaba con la Biblia a vueltas, y liado a bofetadas con el padre Scío de San Miguel. Empeñábase en que no debió llamarse padre Scío, sino padre Nescío, porque habría que ponerse anteojos para ver su ciencia, y las más veces discurría a trompicones por entre los laberintos y tinieblas de unos textos tan vetustos como difíciles de explicar. Sin echar de ver que él estaba en el mismo caso que el padre Scío, y peor, pues carecía de la doctrina teológica y filológica del venerable escriturario, mi amigo se entremetía a enmendarle bizarramente la plana, diciendo peregrinos disparates que, tomados en broma, nos ayudaban a entretener las largas horas de las veladas de invierno en la aldea, mientras la lluvia empapa la tierra y gotea desprendiéndose de las peladas ramas de los árboles, y los canes aúllan medrosamente anunciando imaginarios peligros.

En una noche así, después de haber apurado el ligero ponche de leche con que espantábamos el frío, y cuando el tresillo estaba en su plenitud, mi amigo la tomó con el Génesis, y rehízo a su manera la historia de la Creación. No vaya a figurarse nadie que la rehízo en sentido darvinista; eso sería casi atenerse a la serie mosaica de los seis días, en que se asciende de lo inorgánico a lo orgánico, y de los organismos inferiores a los superiores. No; la creación, según mi amigo -que, sin duda, para estar tan en autos, había celebrado alguna conferencia con el Creador-, fue de la guisa que van ustedes a ver si continúan leyendo. Yo no hago sino transcribir lo esencial de la relación, aunque no respondo de ligeras variantes en la forma.

En el primer día crió Dios al hombre. Sí, al hombre; a Adán, hecho del barro o limo del informe planeta. Pues qué, ¿iba Dios a necesitar ensayos y pruebas y tanteos y una semana de prácticas para salir al fin y al cabo con una pata de gallo como el hombre? Ni por pienso; lo único que explica y disculpa al hombre es que brotó al calor de la improvisación, aun no bien hubo determinado el Señor condensar en forma de esfera la materia caótica.

Y crió primero al hombre, por una razón bien sencilla. Destinándole como le destinaba a rey y señor de lo creado, le pareció a Dios muy regular que el mismo Adán manifestase de qué hechura deseaba sus señoríos y reinos. En suma, Dios, a fuer de buen Padre, quiso hacer feliz a su criatura y que pidiese por aquella bocaza.

Apenas empezó Adán a rebullirse, dolorido aún de los pellizcos de los dedos divinos que modelaron sus formas, miró en derredor; y como las tinieblas cubrían aún la faz del abismo, Adán sintió miedo y tristeza, y quiso ver, disfrutar de la claridad esplendente. Dios pronunció el consabido Fiat, y apareció el glorioso sol en el firmamento, y el hombre vio, y su alma se inundó de júbilo.

Mas al poco rato notó que lo que veía no era ni muy variado ni muy recreativo: inmensa extensión desnuda, calvos eriales en que reverberaba ardiente la luz solar, y que la devolvían en abrasadoras flechas. Adán gimió sordamente, murmurando que se achicharraba y que la tierra le parecía un páramo. Y sin tardanza suscitó Dios los vegetales, la hierba avelludada y mullida que reviste el suelo, los arbustos en flor que lo adornan y engalanan, los majestuosos árboles que vierten sobre él deleitable sombra. Como Adán notase que esta vestidura encantadora de la superficie terrestre parecía languidecer, aparecieron los vastos mares, los caudalosos ríos, las reidoras fuentecillas, y el rocío cayó hecho menudo aljófar sobre los campos. Y quejándose Adán de que tanto sol ya le ofendía la vista, el infatigable Dios, en vez de regalar a su hechura unas antiparras ahumadas, crió nada menos que la luna y las estrellas, y estableció el turno pacífico de los días y las noches.

A todas éstas, el primer hombre ya iba encontrando habitable el Edén. Sabía cómo defenderse del calor y resguardarse del frío; el hambre y la sed se las había calmado al punto Dios, ofreciéndole puros manantiales y sazonados frutos. Podía recorrer libremente las espesuras, las selvas, los valles, los pensiles y las grutas de su mansión privilegiada. Podía coger todas las flores, gustar todas las variadísimas y golosas especies de fruta, saborear todas las aguas, recostarse en todos los lechos de césped y vivir sin cuitas ni afanes, dejando correr los días de su eterna mocedad en un mundo siempre joven. Sin embargo, no le bastaba a Adán esta idílica bienandanza; echaba de menos alguna compañía, otros seres vivientes que animasen la extensión del Paraíso.

Y Dios, siempre complaciente, se dio prisa a rodear a Adán de animales diversos: unos, graciosos, tiernos, halagüeños y domésticos, como la paloma y la tórtola; otros, familiares, juguetones y traviesos, como el mono y el gato; otros, leales y fieles, como el perro, y otros, como el león, bellos y terribles en su aspecto, aunque para Adán todos eran mansos y humildes, y los mismos tigres le lamían la mano. No queriendo Dios que Adán pudiese volver a lamentarse de que le faltaba acompañamiento de seres vivos, los crió a millones, multiplicando organismos, desde los menudísimos infusorios suspensos en el aire y en el agua, hasta el monstruoso megaterio emboscado en las selvas profundas. Quiso que Adán encontrase la vida por doquiera, la vida enérgica y ardorosa, que sin cesar se renueva y se comunica, y que no se agota nunca, adaptándose a las condiciones del medio ambiente y aprovechando la menor chispa de fuego para reanimar su encendido foco.

Al principio le divirtieron a Adán los avechuchos, y jugueteó con ellos como un niño. No obstante, pasado algún tiempo, notó que iba cansándose de los seres inferiores, como se había cansado del sol, de la luna, de los mares y de las plantas. Si el sol todos los días aparece y se oculta de idéntico modo, los bichos repiten constantemente iguales gracias, iguales acciones y movimientos, previstos de antemano, según su especie. El mono es siempre imitador y muequero; el potro, brincador y gallardo; el perro, vigilante y adicto; el ruiseñor, ni por casualidad varía sus sonatas; el gato, ya es sabido que se pasa el muy posma las horas muertas haciendo ron, ron. Y Adán se despertó cierta mañana pensando que la vida era bien estúpida y el Paraíso una secatura.

Como Dios todo lo cala, en seguida caló que Adán se aburría por diez; y llamándole a capítulo, le increpó severamente. ¿Qué le faltaba al señorito? ¿No tenía todo cuanto podía apetecer? ¿No disfrutaba en el Edén de una paz soberana y una ventura envidiable? ¿No le obedecía la creación entera? ¿No estaba hecho un archipámpano?

Adán confesó con noble franqueza que precisamente aquella calma, aquella seguridad, eran las que le tenían ahíto, y que anhelaba un poco de imprevisto, alguna emoción, aunque la pagase al precio de su soñoliento reposo y amodorrada placidez.

Entonces Dios, mirándole con cierta lástima, se le acercó, y sutilmente le fue sacando, no una costilla, como dice el vulgo, sino unas miajitas del cerebro, unos pedacillos del corazón, unos haces de nervios, unos fragmentos de hueso, unas onzas de sangre..., en fin, algo de toda su sustancia; y como Dios, puesto a escoger, no iba a optar por lo más ruin, claro que tomó lo mejorcito, lo delicado y selecto, como si dijéramos, la flor del varón, para constituir y amasar a la hembra. De suerte que al ser Eva criada, Adán quedó inferior a lo que era antes, y perjudicado, digámoslo así, en tercio y quinto.

Por su parte, Dios, sabiendo que tenía entre manos lo más exquisito de la organización del hombre, se esmeró en darle figura y en modelarlo primorosamente. No se atrevió a apretar tanto los dedos como cuando plasmaba al varón; y de la caricia suave y halagadora de sus palmas, proceden esas curvas muelles y esos contornos ondulosos y elegantes que tanto contrastan con la rigidez y aspereza de las líneas masculinas.

Acabadita Eva, Dios la tomó de la mano y se la presentó a Adán, que se quedó embobado, atónito, creyendo hallarse en presencia de un ser celestial, de un luminoso querubín. Y en esta creencia siguió por algunos días, sin cansarse de mirar, remirar, admirar, ensalzarse e incensar a la preciosa criatura. Por más que Eva juraba y perjuraba que era hecha del mismo barro que él, Adán no lo creía; Adán juraba a su vez que Eva procedía de otras regiones, de los azules espacios por donde giran las estrellas, del éter purísimo que envuelve el disco del sol, o más bien del piélago de lumbre en que flotan los espíritus ante el trono del Eterno. Créese que por entonces compuso Adán el primer soneto que ha sido en el mundo.

Duró esta situación hasta que Adán, sin necesidad de ninguna insinuación de la serpiente traicionera, vino en antojo vehementísimo de comerse una manzana que custodiaba Eva con gran cuidado. Yo sé de fijo que Eva la defendió mucho, y no la entregó a dos por tres; y este pasaje de la Escritura es de los más tergiversados. En suma, a pesar de la defensa, Adán venció como más fuerte, y se engulló la manzana. Apenas cayeron en su estómago los mal mascados pedazos del fruto de perdición, cuando..., ¡oh cambio asombroso!..., ¡oh inconcebible versatilidad!..., en vez de tener a Eva por serafín, la tuvo por demonio o fiera bruta; en vez de creerla limpia y sin mácula, la juzgó sentina de todas las impurezas y maldades; en vez de atribuirle su dicha y su arrobamiento, le echó la culpa de su desazón, de sus dolores, hasta del destierro que Dios les impuso, y de su eterna peregrinación por sendas de abrojos y espinas.

El caso es que, a fuerza de oírlo, también Eva llegó a creerlo; se reconoció culpada, y perdió la memoria de su origen, no atreviéndose ya a afirmar que era de la misma sustancia que el hombre, ni mejor ni peor, sino un poco más fina. Y el mito genesíaco se reproduce en la vida de cada Eva: antes de la manzana, el Adán respectivo le eleva un altar y la adora en él; después de la manzana, la quita del altar y la lleva al pesebre o al basurero...

Y, sin embargo -añadió mi amigo por vía de moraleja, tras de apurar otro vaso del inofensivo ponche-, como Eva está formada de la más íntima sustancia de Adán, Adán, hablando pestes de Eva, va tras Eva como la soga tras el caldero, y solo deja de ir cuando se le acaba la respiración y se le enfría el cielo de la boca. En realidad, sus aspiraciones se han cumplido: desde que Dios le trajo a Eva, el hombre no ha vuelto a aburrirse, ni a disfrutar la calma y descuido del Paraíso; y desterrado de tan apetecible mansión, sólo logra entreverla un instante en el fondo de las pupilas de Eva, donde se conserva un reflejo de su imagen.

Había un hombre lleno de fe, que creía a pies juntillas cuanto nos enseñan la religión y la moral, y, sin embargo, tenía horas de desaliento y sequedad de alma, porque le parecía que el cielo dista mucho de la tierra, y que nuestros suspiros, nuestras efusiones de amor, nuestras quejas, tardan siglos en llegar hasta el Dios que invocamos, el Dios distante, inaccesible en las lumínicas alturas de la gloria. No dudaba de la realidad divina, pero la creía muy alta y había llegado a ser en él idea fija la de ponerse en relación directa con el que todo lo puede y lo consuela todo.

Persuadido de que el claustro está bastantes peldaños más cerca del cielo que de la sociedad, Eudoro -así se llamaba el creyente- entró de novicio en los Carmelitas. Espantó a sus hermanos el fervor de su vida monástica, y cuenta que en el convento estaban acostumbrados a ver austeridades y adivinar rigores que la humildad encubría. Los de Eudoro, sin embargo, pasaban de la raya y llegaban a asombrar a los viejos, curtidos por una vida entera de maceraciones, verdaderos veteranos de la penitencia. Eudoro ascendía por la áspera cuesta de la mortificación, creyendo que así se aproximaba a la gloria, y no tanto por merecerla después de su muerte, como por sentirla en vida, por cerciorarse de su realidad. Juzgo evidente que el demonio del escepticismo era quien a la sordina inspiraba tales anhelos, porque si Eudoro estuviese completamente seguro de que al morir el cielo se abre al que lo gana, no experimentaría tan ardiente afán de percibirlo, de acortar distancias, y, por decirlo así, de tocarlo con sus manos y verlo con sus ojos. Fuese lo que fuese, Eudoro practicó terribles asperezas consigo mismo; descalzo, debilitado por el ayuno, acardenalado por las disciplinas, de rodillas en la celda, cuyas desnudas paredes aparecían salpicadas de sangre, se pasó las noches enteras velando y pidiendo a Dios, entre lágrimas y sollozos, que se dignase aproximarse a su siervo. Fue inútil: solo el triste aullido del viento en los árboles del huerto conventual respondió a sus llamamientos desesperados. Entonces salió del convento sin profesar, y los frailes viejos, edificados antes, hicieron la cruz sobre el pecho, con rostro grave y labios contraídos.

Eudoro se retiró a su casa, y descorazonado, imaginando que ya nunca se aproximaría al cielo, se dedicó a una vida activa, laborista y modesta, emprendiendo algunos negocios de los cuales se prometía lucro. El socio que admitió gozaba fama de probo; sin embargo, lo cierto es que engañó a Eudoro malamente, despojándole de su capital y haciéndole pasar ante el mundo por tramposo y estafador. Esto último fue lo que más dolió a Eudoro, porque estimaba su honra y sufría vergüenza horrible al verse infamado y notar que se apartaban de él las gentes con desprecio. En su espíritu germinó un odio tenaz contra el calumniador, y la sed de venganza le amargó la boca.

Una noche, pasando por cierta calle desierta, Eudoro vio a un hombre que se defendía de tres que ya le tenían acorralado e iban a darle muerte. El farol contra el cual se apoyaba le alumbraba el rostro de lleno y Eudoro reconoció a su enemigo. Tuvo un instante de fluctuación; quiso alejarse..., y de pronto volvió; iba armado; cargando con denuedo a los asesinos, los obligó a emprender precipitada fuga. Antes que el socorrido le diese las gracias, Eudoro se alejó también.

Casi llegaba a la puerta de su casa, cuando he aquí que le sale al camino un mendigo, descalzo, harapiento, encorvado, pidiéndole en voz lastimera, no dinero, sino algo de comer. "Me caigo de necesidad", gemía el pordiosero, y Eudoro, tomándole de la mano: "Vente conmigo -le dijo benignamente-. Partiremos la cena... y dormirás al abrigo del temporal y de la lluvia."

Subieron la escalera uno tras otro: Eudoro encendió luz y pasó a la cocina a calentar el caldo de la víspera y la humilde pitanza; al entrar en el comedor, llevando la tartera olorosa, pudo ver la cara del pobre, que le esperaba sentado a la mesa ya, y notó con sorpresa que ni era viejo, ni feo, ni tenía enmarañado el pelo, ni sucias las manos, según suelen los mendigos; en cuanto a edad, representaba unos treinta años a lo sumo, y su rostro oval y su cabellera rubia, partida y flotante en bucles, eran de admirable belleza.

Sonreía dulcemente, y Eudoro le sirvió con reverencia, no atreviéndose a sentarse hasta que se lo ordenó el pobre. Comieron en silencio; pero Eudoro experimentaba un bienestar inexplicable, y parecíale tan suave el yugo de la vida y tan ligera la carga de todos sus dolores pasados, que su corazón, inundado de gozo, se quería derramar en un llanto más refrigerante que el rocío de la mañana.

Así que hubo saciado el hambre, el mendigo, tomando el pan que estaba sobre la mesa, lo partió y ofreció la mitad a Eudoro. Y al ejecutar tan sencilla acción, Eudoro advirtió una imperceptible claridad que, naciendo en las sienes, rodeaba toda la cabeza del mendigo y jugaba en sus cabellos, como el sol juega en el irisado plumaje de un pájaro.

Eudoro se levantó con ímpetu irresistible, y postrándose rostro contra el suelo, vino a besar y a empapar de lágrimas los pies del mendigo, conociendo que era Cristo, Hijo de Dios, y que, en aquella noche venturosa, por fin se había aproximado el cielo a la tierra.

Cristo le miraba amorosamente, fijando en él los grandes y meditabundos ojos. Y como Eudoro se confundiese en protestas de humildad, preguntando por qué se había dignado el Señor visitar aquella casa, respondió lentamente:

-Yo vago siempre por las calles. Cada noche quiero cenar con el que durante el día haya vuelto bien por mal y perdonado de todo corazón a su enemigo. ¡Por eso me acuesto sin cenar tantas noches!

Cuando Diego Fortaleza visitó la ciudad de Villantigua, sus amigos y admiradores le tributaron una ovación que dejó memoria. Es de notar que a la ovación se asociaron todas las clases sociales, distinguiéndose especialmente las señoras y el clero. Y nada tiene de extraño que despertase entusiasmo y cosechase fervientes simpatías mozo tan elocuente, de tanto saber, de corazón tan intrépido y fe tan inquebrantable: el de la frase briosa y acerada, que defendía en el Parlamento y en el periódico, en los círculos y en los ateneos, los puros ideales del buen tiempo viejo, la santa intransigencia, las creencias robustas de nuestros mayores y todo lo que constituyó nuestra gloria y nuestra grandeza nacional. A la voz de Diego Fortaleza, derrumbábase el hueco aparato de la ruin civilización presente: resurgía la visión heroica del poderío y del vigor moral que demostramos antaño, y dijérase que nuestro eclipsado sol volvía a fulgurar en los cielos. Paladín y poeta ala vez, Diego arrullaba las esperanzas muertas, y los que le escuchaban creían firmemente que del caos de nuestra actual organización no podía tardar en salir reconstituida sobre sus venerados cimientos la España de ayer, la sana, la honrada, la amada, la llorada, la eterna.

Echaron, pues, la casa por la ventana en Villantigua para obsequiar al que llamaban Niño de Plata del partido. Hubo solemne velada en el Círculo tradicionalista, con mucho piano, himnos, discursos y lectura de composiciones poéticas alusivas; al final, cuando Diego se levantó a pronunciar "dos palabras", estallaron inmediatamente aplausos frenéticos, y a la salida fue llevado a su residencia casi en triunfo. No faltó la serenata, ni el banquete monstruo de ciento ochenta cubiertos, ni se omitió la jira a las pintorescas orillas del Narrio, ni la visita a la Virgen de la Ortigosa. Las gentes de fuste de Villantigua sobra decir que se rifaban a Diego, el cual todos los días se veía precisado a rehusar, en galante forma, varios convites, pues si fuese a comer dondequiera que le invitaban, no tendría bastante con una docena de estómagos.

Últimamente, cansado ya de enseñarle iglesias y paisajes, museos provinciales y fábricas, los gabinetes de física e historia natural del Instituto, y hasta la colección de monedas medallas que el respetable numismático señor Mohoso, C. de la Historia, ocultaba a todo el mundo como un crimen y por especial favor dejó admirar a Diego, los admiradores del joven diputado resolvieron llevarle a la casa de Orates, o dígase al manicomio.

Con gran acompañamiento de médicos y sacerdotes entró Diego en la morada triste. El director, avisado de antemano, había puesto orden en las dependencias, procurando que resaltase y luciese la inteligencia de su gestión. Sonriendo picarescamente, llevó a Diego al departamento de las locas, por donde pasaron aprisa, pues a algunas infelices las exaltaba la presencia del varón, y quitado de su espíritu el freno de la vergüenza, que la razón no quebranta jamás, declaraban con palabras y aun con acciones su penoso extravío. Llegados al departamento de los hombres, el director fue mostrando a Diego varios casos curiosos y dignos de ser observados: un loco místico, cuya manía era haberse encerrado en una cueva y practicar allí la pobreza, la austeridad y la oración; un inventor que enseñaba los planos de un globo dirigible a voluntad y una mecánica de palitroques con la cual declaraba resuelto el problema del movimiento continuo; un enamorado que escribía el nombre de su amada hasta en las suelas de las botas, y un economista que proponía planes de hacienda dignos del famoso arbitrista de Quevedo. Entre tanto tipo original, vio Diego uno que pareció despertar en sumo grado su interés.

Era un vejezuelo calvo, pálido, de ojos sumidos y párpados amarillentos. Su rostro tenía algo de sepulcral; diríase que ya no estaba en el mundo de los vivientes: la ausencia de color, la inmóvil solemnidad de su fisonomía, eran propias de cadáver. Su voz resonaba hueca y sorda, sin inflexiones. Hablaba con escogida frase, con palabras dignas y majestuosas, y tomó por asunto del discurso, que dirigió a Diego, la injusticia que se cometía al retener cautivo, y en el manicomio, a un hombre cuyo único delito consistía en haber realizado, a fuerza de cavilaciones, cierto descubrimiento soberano.

Como Diego le preguntase qué descubrimiento era ése, el loco explicó que se trataba nada menos que de parar el mundo, el pícaro mundo en que habitamos y que hasta que el día no ha cesado de rodar con perenne y vertiginoso volteo. Ese giro incesante -añadió el loco- es la causa de todos nuestros males y luchas. ¿Se concibe que existan paz, estabilidad, instituciones duraderas y próvidas, en un planeta desquiciado, precipitado en carrera insensata a través del espacio y sometido a una trepidación profunda que todo lo desmorona y lo hace polvo? ¿Es mucho que pasen y se desvanezcan los imperios, las civilizaciones, las grandezas y poderíos, si el mundo, epiléptico, agitado por perpetua convulsión, no puede evitar cubrirse de ruinas, destrozarse a sí propio, en el estéril y vano temblor que le consume?

El verdadero redentor de la Humanidad sería el que lograse fijar con clavos de diamante la esfera andariega y corretona, dándole la hermosa quietud, la serenidad del reposo, la grandeza de lo inmutable que ya por sí solo tiene algo de divino. Y ese redentor estaba allí: era él, indignamente sujeto entre cuatro paredes por los que no le comprendían, ni se daban cuenta de los beneficios del invento.

Y el loco desarrollaba su vasto plan, el sistema de poleas, pesos, compensaciones, tornillos y barras que habían de fijar, mal de su grado, al rebelde planeta, quitándole las ganas de hacer cabriolas...

-¡Con qué atención oía nuestro don Diego a ese demente! -observó el director, siempre bromista, cuando salieron del patio-. Hasta parece que se ha quedado meditabundo. ¿A que sí?

-En efecto -contestó Diego, alzando la cabeza-, le aseguro a usted que me ha dado qué pensar el hombre.

-¡Extraña manía! -advirtió uno de los que acompañaban a Diego, rico propietario muy rígido y neto en sus ideas-. Es el primer caso que veo.

Diego calló, y al día siguiente salió de Villantigua, despedido por entusiasta multitud que quiso vitorearle una vez más.

Honda y amarga fue la decepción que padecieron los villantigüenses o villantigüeños aquel invierno mismo, cuando se reunieron las Cortes. ¡Diego Fortaleza, el propio Diego, el Niño de Plata, el adalid del pasado, apostató, reconociendo lo presente, deponiendo su actitud quijotesca y noble, envainando su fulgurante espada de arcángel exterminador, y dedicándose exclusivamente a una campaña de moralidad administrativa, raquítico fin de tan brillantes esperanzas! La Voz del Empíreo le excomulgó, y La Santa Maldición fue más lejos, pues le supuso vendido al Gobierno por un plato de lentejas viles. En Villantigua se organizó un comité numeroso, sin más programa que el de silbar a Diego Fortaleza cuando aporte otra vez por allí, ¡que no aportará el muy Judas!

La única persona que aún habla bien de Diego es el director del manicomio, porque el joven diputado le envió varias cajas de soberbios Londres, con encargo de ofrecer una al loco que ha descubierto la manera de parar el mundo.

-No lo dude usted -declaró el médico, afirmándose las gafas con el pulgar y el anular de la abierta mano izquierda-. He realizado una curación sobrenatural, milagrosa, digna de la piscina de Lourdes. He salvado a un hombre que se moría por instantes, sin recetas, ni píldoras, ni directorio, ni método... sin más que ofrecerle una dosis del licor verde que llaman esperanza... y proponerle un acertijo...

-¿Higiénico?

-¡Botánico!

-¿Y quién era el enfermo?

-El desahuciado, dirá usted; Norberto Quiñones.

-¡Norberto Quiñones! Ahora sí que admiro su habilidad, doctor, y le tengo, más que por médico, por taumaturgo. Ese muchacho, que había nacido robusto y fuerte, al llegar a la juventud se encenagó en vicios y se precipitó a mil enormes disparates, apuestas locas y brutales regodeos: tal se puso, que la última vez que le vi en sociedad no le conocía: creí que me hablaba un espectro, un alma del otro mundo.

-El mismo efecto me produjo a mí -repuso el doctor-. Difícilmente se hallará demacración semejante ni ruina fisiológica más total. Ya sabe usted que Norberto, rico y refinado, vivía en un piso coquetón, muy acolchadito y lleno de baratijas; su cama, que era de esas antiguas, salomónicas y con bronces, la revestían paños bordados del Renacimiento, plata y raso carmesí. Pues le juro a usted que en la tal cama, sobre el fondo rojo del brocado, Norberto era la propia imagen de la muerte: un difunto amarillo, con tez de cera y ojos de cristal. Para acentuar el contraste, a su cabecera estaba la vida, representada por una mujer mórbida, ojinegra, de cutis de raso moreno, de boca de granada partida, de lozanísima frescura y alarmante languidez mimosa: la enfermera que manda el diablo a sus favoritos para que les disponga según conviene el cuerpo y el alma.

Norberto me alargó la mano, un manojo de huesos cubiertos por una piel pegajosa que ardía y trasudaba, y mirándome con ansia infinita, me dijo cavernosamente:

-No me deje usted morir así, doctor. Tengo veintiséis años, y me da frío la idea de invernar en el cementerio. Es imposible que haya usted agotado todos los recursos de la ciencia.

¡El ruego me conmovió, y eso que la práctica nos endurece tanto! Tuve una inspiración; sentí un chispazo parecido al que debe de percibir el creador, el artista..., y con los ojos hice seña de que la individua estorbaba.

-Vete, chiquilla -ordenó, sin más explicaciones, Norberto.

Y nos quedamos solos.

Le apreté la mano con energía, y sacando el pomo del consabido licor verde, lo derramé en sus labios a oleadas.

-Ánimo -le dije-. Usted va a sanar pronto. Volverá usted a tener vigor en los músculos, hierro en la sangre, oxígeno en el pulmón; las funciones de su organismo serán otra vez normales, plácidas y oportunas: el ritmo de la salud hará precipitarse el torrente vital, rápido y gozoso, de las arterias al corazón, y subiéndolo luego al cerebro despejado, engendrará en él las claras representaciones del presente y los dorados sueños del porvenir... Estoy seguro de lo que prometo; seguro, ¿lo oye?: usted sanará. No debo ocultarle a usted que la ciencia, lo que se dice la ciencia, ya no me ofrece recurso alguno nuevo ni útil. Humanamente hablando, no tiene usted cura; pero donde acaba la naturaleza principia lo sobrenatural y portentoso, que no es sino lo desconocido o inclasificado... La casualidad me permite ofrecer a usted el misterioso remedio que le devolverá instantáneamente todo cuanto perdió.

Cualquiera pensaría que al hablarle así a Norberto iba a mirarme con honda desconfianza, sospechando una piadosa engañifa. ¡Ah, y qué poco conocería quien tal imaginase la condición de nuestro espíritu, en cuyos ocultos repliegues late permanente la credulidad, dispuesta a adoptar forma superior y llamarse fe! Los ojos de Norberto se animaban; un tinte rosado se difundía por sus pómulos. Ansioso, incorporado casi, se cogía a mi levita, interrogándome con su actitud.

-Hay -le dije- una flor que devuelve instantáneamente la salud al que tiene la fortuna de descubrirla y cortarla por su propia mano. Esta condición precisa, y el no saberse dónde ni cuándo se produce la tal flor, son causa de que por ahora se hayan aprovechado de ella poquísimos enfermos. Digo que no se sabe dónde ni cuándo se produce, porque si bien suele encontrarse en las más altas montañas, también afirman que brota en la orilla del mar, a poca profundidad, entre las peñas; pero a veces, en leguas y leguas de costa o de monte, no aparece ni rastro de la flor. En cambio, tiene la ventaja de que no puede confundirse con ninguna otra: ¡imagínese usted la alegría del que la ve! Es del tamaño de una avellana: su forma imita bastante bien la de un corazón; su color, encarnado vivísimo; el olor, a almendra. No la equivoca usted, no. Pero si va usted acompañado; si es otro el que la coge..., entonces, amiguito, haga usted cuenta que perdió malamente el tiempo.

No afirmo que Norberto creyese a pies juntillas lo que yo iba encajándole con imperturbable seriedad y calor persuasivo. Si he de ser franco, supongo que dudó, y hasta me tuvo a ratos por un patrañero, un visionario o un socarrón malicioso. Sin embargo, yo sabía que no habían de caer en saco roto mis palabras, porque a la larga siempre admitimos lo que nos consuela, y más en la suprema hora en que nos invade la desesperación y quisiéramos agarrarnos aunque fuese a un hilito de araña muy sutil. La expresión del rostro de Norberto cambió dos o tres veces; le vi pasar del escepticismo a la confianza loca, y, por último, tomándome la mano entre las suyas febriles, exclamó trémulo de afán:

-¿Puede usted jurarme que no se está burlando de un moribundo?

No sé si usted conoce mi modo de pensar en esto del juramento. Le atribuyo escasísimo valor; es una fórmula caballeresca, romántica e idealista, que entraña la afirmación de la inmutabilidad de nuestros sentimientos y convicciones -de que se derivan nuestros actos-, siendo así que la idea y la acción nacen de circunstancias actuales, vivas y urgentes. No dando valor al juramento, ni moral tampoco se lo da al perjurio. Juré en falso, pues, con absoluta frescura, calma y convencimiento de hacer bien; y juré en falso, invocando el nombre de Dios, en la seguridad de que Dios, que es benigno, también quería que el milagro se hiciese...

Y empezó a hacerse desde aquel mismo punto. Norberto, electrizado con la certeza de poder vivir, se irguió, se echó de la cama, sin ayuda de nadie fue hasta la puerta, llamó a su ayuda de cámara y le ordenó preparar inmediatamente maletas y mantas de camino...

-Solito, ¿eh? -le repetí-. ¡No olvidarse!

¡Solito! Ya lo creo que se fue solito Norberto. Desde su partida, todas las mañanas me desperté con miedo de recibir la esquela orlada de luto. Pasó, sin embargo, año y medio; encontré a los amigos del enfermo; averigüé que nada se sabía de su paradero, pero que vivía. Y al cabo de dieciocho meses, una tarde que me disponía a salir y ya tenía enganchado el coche para la visita diaria, entró como un huracán un fornido mozo, de traje gris, de hongo avellana, de oscura barba, de rostro atezado, que me estrujó con ímpetu entre los brazos musculosos y recios.

-¡Soy yo! -repetía con voz sonora y alegre-. ¡Norberto! ¿No me conoce usted? No me extraña; debo de estar algo variado... ¿Qué le parezco? ¡Cuánto se ha reído usted de mí! Y lo peor es que ha hecho muy bien, muy bien. Si no es por usted, no encuentro la flor de la salud. ¿La ve usted? Aquí la traigo.

Abrió un estuche de cuero de Rusia y vi brillar sobre raso blanco un alfiler de corbata de un solo rubí, cercado de brillantes, en forma de corazón, que me entregó entre empujones amistosos y carcajadas.

-La he buscado primero a orillas del mar. Todos los días registraba las peñas. Al principio me cansaba tanto, que me daban síncopes largos en que pensé quedarme. Pero me sostenía la ilusión de descubrir la flor. El aire del mar y el perseverante ejercicio me prestaron alguna fuerza. Ya no me arrastraba: andaba despacio. Registré bien la costa, peñón por peñón: la flor no la vi. Entonces me interné en un valle muy rústico y retirado. Me pasaba todo el día agachadito, busca que te buscarás. Vivía entre aldeanos. Comía pan moreno y bebía leche. A cada paso me encontraba mejor... ¡Usted adivina lo demás! De allí subí a las montañas nevadas y fieras, que en otro tiempo me parecían horribles... Trepé a los picachos, recorría los desfiladeros, evité los aludes, cacé, tuve frío, dormí a dos mil metros sobre el nivel del mar... Y un día, embriagado por el ambiente purísimo, sintiendo carnes de acero bajo mi piel de bronce, recuerdo que caí de rodillas en una meseta, y creí ver entre

el musgo nuevo, húmedo y escarchado por el deshielo, la roja flor.

-¡Pues ahora que se ha cogido la flor -advertí al mozo-, a cuidarla! ¡Que no se seque!

Norberto volvió la cara... Al anochecer del día siguiente le vi por casualidad, de lejos; acompañaba a una mujer, y me pareció que se escurría entre callejuelas, para no tropezarme. Entonces -me había dejado sus señas- le escribí este lacónico billetito:

"El santo doctor *** no repite los milagros."

LA FLOR SECA

El conde del Acerolo no había dado mala vida a su esposa; hasta podía preciarse de marido cortés, afable y correcto. Verificando un examen de conciencia, en el gabinete de la difunta, en ocasión de hacerse cargo de sus papeles y joyas, el conde sólo encontraba motivos para alabarse a sí propio: ninguno para que la condesa se hubiese ido de este mundo minada por una enfermedad de languidez. En efecto; el matrimonio -según el criterio sensatísimo del conde- no era ni por asomos una novela romántica, con extremos, arrebatos y desates de pasión. ¡Ah, eso sí que no podía serlo el matrimonio! Y el conde no recordaba haber faltado jamás a estos principios de seriedad y cordura. Se le acusaría de otra cosa; nunca de poner en verso la vida conyugal. La respetaba demasiado para eso. No hay que confundir los devaneos y los amoríos con la santa coyunda. Y no los confundía el conde.

Abiertos el secrétaire y los armarios de triple luna, su contenido aparecía patente, revelando todos los hábitos de una señora elegante y delicada. La ropa blanca, con nieve de encajes sutiles; las ligeras cajas de los sombreros; las sombrillas de historiado puño; el calzado primoroso, que denuncia la brevedad del estrecho pie; las mantillas y los volantes de puntos rancios y viejos, en sus saquillos de raso con pintado blasón; los abanicos inestimables en sus acolchadas cajas; los guantes largos de blanda Suecia, que aún conservan como moldeada la redondez del brazo y la exquisita forma de la mano..., iban saliendo de los estantes, para que el viudo, de una ojeada sola, resolviese allá en su fuero interno lo que convenía regalar a la fiel doncella, lo que debía encajonarse y remitirse al Banco, por si andando el tiempo..., y lo que, a título de recurso cariñoso, debía ofrecer a las amigas de la muerta, entre las cuales había algunas muy guapas... ¡Ya lo creo que sí!

Esparcíase por el ambiente un perfume vago y suave, formado de olores distintos: el iris de la ropa interior, el sándalo y la raíz de violeta de algún abanico, el alcanfor disipado de las pieles, el heliotropo de las mantillas que tocaron al cabello, y la madera de cedro de los cajones. Cuando el conde hizo girar la tapa del secrétaire y empezó a registrarlo, la fragancia fue más viva: el saquillo del papel timbrado y el cuero de Rusia de los estuches del guardajoyas se unieron a los imperceptibles efluvios que ya saturaban el aire, comunicándoles algo de vivo y embriagador, como si del profanado secrétaire fuese a salir un interesante drama.

Metódicamente, el conde escudriñaba los diminutos cajoncitos, y con instintiva curiosidad se apoderaba de las cartas y las repasaba aprisa. Eran de esos billetes -en papel grueso de caprichosa forma, trazados con letra inglesa de prolongado rasgo rectilíneo- que se cruzan entre damas, y que no contienen nada íntimo ni serio. La chimenea estaba encendida, y sobre la pirámide de inflamados troncos fue el conde dejando caer aquellos desabridos papeles. Cuando ya no quedó en el secrétaire ningún manuscrito, sintióse alegre el conde -alegre sin causa- y procedió al expurgo de otros cajones en que se contenía mil monadas revueltas con joyas y dijes.

Al llegar al cajoncito central, tiró con más cuidado y lo sacó del todo; porque no ignoraba que el secrétaire -magnífico mueble hereditario- tenía lo que se llama un secreto: un hueco entre el cajón y las columnas de cincelado bronce que lo encerraban, hueco en que nuestros candorosos y felices abuelos solían encerrar rollos de onzas.

El escondrijo solo contenía una bolsita de raso, y dentro, un diminuto envoltorio de papel de seda, algo oscuro y gastado, como si hubiese permanecido mucho tiempo en la bolsa. Esta, a su vez, mostraba señales evidentes de haber estado en contacto con una epidermis, pues la más limpia siempre empaña la superficie del raso. El conde deshizo el envoltorio, y vio adherido al último doblez un ancho pensamiento, prensado y conservado perfectamente. Sobre las hojas amarillas de la flor había escrita, en letra microscópica y desconocida, una detallada fecha: año, mes, día y hora. Era bastante reciente la fecha, y anterior a la época en que la condesa empezó a decaer, hasta postrarse herida de muerte.

El primer efecto que el hallazgo produjo en el conde fue un estupor sólo comparable al de cierto personaje de El barbero, cuando sorprende a don Alonso y Rosina en coloquio harto animado. La inofensiva florecilla le pareció la cabeza de Medusa. Sus pétalos de crespón adquirieron desmesuradas proporciones, y a modo de negras alas de gigantesco pajarraco, palpitaron y le envolvieron, aturdiéndole. ¿Qué demonios era aquel pensamiento de Lucifer? ¿Qué conmemoraba? ¿Qué sentido debía atribuirse a la minuciosa inscripción? Eso: ¿qué sentido? En lo del sentido hizo hincapié el conde...

Su despecho, su indignación fueron tales, que pisoteó la flor maldita, reduciéndola a polvo. Y casi al punto mismo se acordó de que era preciso no olvidar la fecha, si algo había de rastrear de aquella grande, imprevista y espantosa infamia... Cogió papel y pluma y apuntó la fecha cuidadosamente antes que se le borrase de la memoria. Después, bufando y con ganas de romper algo, dio un puntapié al secrétaire y desparramó los estuches de collares y brazaletes. Ciego y desatentado, registró a empellones el mueble entero, con esperanzas de encontrar algo más que le iluminase: volcó cajones, destripó cajas, y convencido ya de que el secrétaire nada acusador contenía, lanzóse a los armarios y empezó a echar al suelo ropas y prendas de vestir, que cayeron en revuelto montón: a abrir los saquillos, a revolverlo y remirarlo todo..., sin que ni el más leve indicio, la más insignificante menudencia sospechosa, viniese a descifrar la oscura, pero elocuentísima revelación del saquito.

"¡Cuán preferible sería -pensaba el viudo- encontrar uno de esos mazos de correspondencia, atados con la indispensable cinta, que no dejan lugar a la duda, que narran la historia del atentado y descubren el nombre del cómplice! Una flor seca, una fecha en sus hojas..., ¿qué expresan, qué quieren decir? ¿Son una ñoñería idílica, el tímido primer paso, o sirven de insolente emblema al último baldón que cabe arrojar sobre un marido? ¿Quién había dado a la condesa el pensamiento? ¿Qué mano criminal trazó la fecha? El conde repasó nombres, recontó personas... ¡Bah! ¡Se trata a tanta gente; son tantos los primos, amigos del esposo, hermanos de amigas, conocidos de sociedad, parejas del rigodón, en quienes podrían recaer las sospechas de maldad tan inicua como robar en la sombra el honor y la calma al conde del Acerolo!

¡Si él pudiese concretar la fecha y partir de ese dato para saber cómo empleó su esposa el día fatal; adónde fue; quién la acompañó; quién vino a casa con ella!

El conde oprimió el botoncito de la campanilla y dio tres sacudidas. Entró la doncella de la difunta dama.

-Conteste usted claro y pronto. ¿Qué hizo su señora de usted tal día..., tal mes..., tal año?...

La chica le miró atónita.

-¿Señor conde?... El señor conde quiere que yo le diga... Pero ¡El señor bien comprende que es imposible acordarse! ¡Sobre que se le olvida a una lo que una misma hizo ayer, señor conde!

Obcecado y todo como se hallaba, el viudo conoció la razón, y dejó libre a la admirada y escamada sirviente. Casi al punto, una inspiración súbita le movió a sacudir el botoncito dos veces seguidas:

-Manuel tiene un memorión..., ¡un memorión ya fastidioso de puro exacto! Quizá recuerde... ¡A ver!

A la pregunta sacramental: "¿Qué hizo la señora tal día..., tal mes..., tal año?...", contestó, en efecto, el ayuda de cámara, algún tanto risueño, y con tono meloso, sin separar del suelo la vista:

-Lo que hizo la señora, no lo sé...; pero ése es un día en que tengo muy presente lo que hizo vuestra excelencia... Porque justamente... vamos...

-A ver..., ¿qué? ¿Qué justamente es ése? ¿Qué hice yo ese día?

-¿Quiere el señor que lo diga?

-¿Hablo chino? Contesta a escape.

-La víspera pasó vuestra excelencia la noche fuera..., ¡una casualidad!, porque el señor no solía pasar fuera muchas... Le llevó el coche..., ya sabe vuestra excelencia..., al barrio... Y para que la señora no maliciase nada vine yo a contarle que el señor estaba en la Venta de la Rubia corriendo liebres, y que hasta muy tarde no volvería... Volvió su excelencia pasada la hora de comer; pero la señora se había retirado ya.

No chistó el conde, y el criado hizo mutis discretamente.

LA CRUZ ROJA

En pintoresco caminito de aldea, no lejos de la costa, hay un sitio que siempre tuvo el privilegio de fijar mi atención y de sugerirme ideas románticas. Aquel nogal secular, inmenso, de tronco fulminado por el rayo; aquel crucero de piedra, revestido de musgo, de gradas rotas, casi cubiertas por ortigas y zarzas; y, por último, en especial, aquel caserón vetusto de ventanas desquiciadas y sin vidrios, que el viento zapateaba, y que tenía sobre la puerta, ya revestida de telarañas, fatídica señal: una cruz trazada en rojo color, parecida a una marca sangrienta...

¿Quién habría plantado el nogal, erigido el crucero y habitado la casa? ¿Quién estamparía en su fachada la huella de sangre? ¿Qué drama oscuro y misterioso se desarrolló entre aquellas cuatro paredes, o a la sombra de aquel nogal maldito, o al pie del signo de nuestra redención? ¿Por qué nadie vivía ya en el siniestro edificio, y cómo su actual dueño la dejaba pudrirse y desmoronarse, si no era que el recuerdo de la desconocida tragedia le erizaba el cabello, impulsándole a huir de tan funestos lugares?

Solíamos pasar ante la casa muy de prisa, a caballo, de vuelta de alguna excursión, y nunca se veía por allí alma viviente a quien preguntar. En las aldeas vecinas tampoco dí con persona que supiese nada positivo de la roja cruz. Solo conseguí respuestas reticentes, movimientos de cabeza significativos, indicaciones vagas: la casa llevaba su estigma; a la casa no convenía acercarse. ¿Por qué? Sobre esto, chitón. Estaba deshabitada desde hacía veinticinco años lo menos; nadie supo decirme el nombre ni la condición de sus últimos moradores. Ni siquiera averigüé quién la poseía en la actualidad. Llegué a creer que todo lo concerniente a la ruinosa casa estaba envuelto en densas tinieblas.

Esto mismo me determinó a indagar por distintos medios. Cierto día, provistos de una escalera de mano, a la casa nos dirigimos. El cielo, cómplice de nuestra imaginación, aparecía cargado de nubarrones densos y plomizos, amagando borrasca.

Al llegar al pie del crucero, sulfúrea exhalación alumbró con luz azulada el horizonte, y un trueno lejano hizo empinar a los caballos las orejas. Echamos pie a tierra, dispuestos a realizar nuestro propósito, que no ofrecía dificultad alguna; tratábase de entrar en el caserío, no por la puerta, sino por la ventana de arrancados goznes.

Saltamos dentro de una sala grande, que comunicaba con una alcoba, donde aún se veía esparcida la hoja de maíz del jergón. De un clavo colgaban hábitos eclesiásticos: una sotana raída y unos apolillados manteos. Nos estremecimos: sus fúnebres pliegues remedaban sobre la pared la silueta de un cura ahorcado. No sin cierta aprensión recorrimos la casa, y también con algún peligro, pues las tablas carcomidas del piso temblaban, y recelábamos que alguna viga o algún pedazo de roto techo, al desprenderse, nos aplastase. Era, sin embargo, el edificio de recia construcción, y aún podía resistir años. No estaba la vivienda desmantelada del todo: quedaban muebles en muchas habitaciones; en la cocina aún se veían las cenizas del último fuego. Registramos intrépidamente, sin que nos arredrase ni el mal estado del edificio ni los avechuchos que salían de los rincones, despavoridos y asquerosos. Esperábamos a cada momento hallar en el piso inveteradas manchas de sangre, o descubrir un esqueleto en las arcas que abríamos. Curioseamos hasta la artesa del pan. Ni rastro de crimen; mas no por eso apagó sus fuegos nuestra imaginación. ¿Acaso todos los crímenes dejan rastro?

Íbamos de un aposento a otro, ceñudos, sombríos, preocupados y con caras de jueces. No nos comunicábamos impresiones: cada cual quería ser el primero a olfatear el drama. Salimos de allí cuando no nos quedó nada por ver, y emprendimos la vuelta al pazo, reconcentrados y silenciosos, rumiando la historia que se había forjado cada uno. Las cuatro novelas partían de un mismo dato evidente, auténtico: quien vivía en la casa maldita era un cura.

A la hora de la cena, cuando las patatas cocidas con su piel humeaban en los platos de peltre, y el fresco mosto del país teñía de líquido granate el vaso de antigua talla, las lenguas se desataron, y por turno formulamos nuestras hipótesis.

-El cura -afirmó sentenciosamente el cazador viejo- estaba podrido de dinero. ¿No han visto tanta arca y tantísimo cofre? Todo para encerrar los ochavos. Prestaba a rédito y chupaba la sangre a los infelices. Una noche se metieron seis enmascarados en la casa: eran los deudores más comprometidos, que ya los iba a ejecutar la justicia y a dejarlos sin cama ni techo. El cura tenía una criada vieja y sorda... ¿Que cómo lo sé? Porque la maldita ni sintió ladrar al perro ni entrar a los ladrones, y ellos tuvieron que forzar la puerta del cuarto en que dormía... ¿No han visto la cerradura violentada? Bueno; pues los ladrones, así que se hallaron dentro, después de atar a la sorda, van, ¿y qué hacen? Me agarran al cura y me lo llevan a la cocina, y me lo descalzan, y me lo aplican los pies a la lumbre... El hombre canta y suelta los cuartos. Los ladrones le acercan más a la brasa. "Dinos dónde tienes las obligas, o te asamos como a San Lorenzo." Y así que aciertan con las obligas, las traen a brazados, y sin cuidarse de escoger las suyas, las echan al fuego y arden las deudas de toda la comarca... ¿No se acuerdan que en el hogar había ceniza muy negra, así como de papeles quemados?... Antes de la madrugada se larga la gavilla, dejando al cura moribundo, y al salir pintan en la puerta la cruz roja, como el que dice: "No vinimos a robar, sino a castigar a un usurero infame."

-¡Ah! -exclamó el cazador joven-. Todo eso no lleva traza. Lo que ahí pasó fue que el cura tenía una sobrina muy bonita y moza, que vivía con él. ¿No repararon, en el cuarto de la cerradura rota, en unas sayas de mujer y unos zapatos bien hechos, pequeños, llenos de polvo, en un rincón? Pues el cura se chifló por la sobrina, y empezó a darle vueltas a la idea..., y andaba como loco: ni dormía ni comía. Sucedió que la rapaza se echó novio, y trataba de casarse, y el tío, cuando lo supo, daba con la cabeza por las paredes. Vino una noche en que el demonio le tentó más fuerte que otras..., y en puntillas se fue al cuarto de la rapaza; pero como estaba cerrado con llave, tuvo que forzar la cerradura... ¡Y mientras tanto, ella saltó por la ventana y escapó para casa del novio, y el novio, para avergonzar al cura y amenazarle, pintó en la puerta la cruz colorada!

Había oído las dos versiones el coronel retirado, y la sonrisa medio burlona y medio desdeñosa no se apartaba de sus labios, fija entre el erizado y canoso bigote.

-Señores, yo lo veo de otro modo..., y mi explicación es tan clara y tan sencilla, y se justifica tan bien con ciertos detalles existentes en la casa, que no sé cómo no se les ha ocurrido a ustedes. El cura, cuando andaban mal las cosas políticas, se señaló por su ideas carlistas, como uno de tantos, y eso le valió persecuciones y molestias de todo género. Él era hombre de armas tomar; habrán ustedes observado que en varios muebles se conservan tacos, restos de cajas donde hubo pólvora, perdigones y balines. Un día le salieron al camino para apalearle, pero él les zorregó un tiro y dejó malherido al que cogió más cerca. Comprendió entonces que le iban a echar a presidio; llegó a casa, tomó dinero, colgó los hábitos de aquel clavo y pasó a Portugal, y por Badajoz se unió en Extremadura a las facciones. Al salir, él mismo pintó la cruz roja, como quien dice: "Guerra en nombre de Dios."

Era llegado mi turno de arriesgar la hipótesis propia, o de aceptar alguna de las ajenas. No me correspondía quedarme atrás en imaginación, y he aquí lo que me inspiró este numen:

-Ustedes han visto en la casa mil detalles que, en su opinión, revelan al usurero, al enamorado energúmeno y al trabucaire... Yo me he fijado, especialmente, en otros que descubren al sacerdote estudioso, al místico solitario y enfrascado en meditaciones que acaban por trastornarle el seso. Tanto libro apolillado, en montones que devoran las ratas; tanta estampa devota colgada de las paredes, delatan las preocupaciones favoritas del infeliz que allí vivió. No le creo un sabio: para mí, su cerebro era pobre, y la lectura, en vez de iluminarlo, lo poblaba de fantasmas, que bien pronto adquirieron cuerpo y se convirtieron en horribles dudas y en extravagancias heréticas. Tal vez en su perturbado meollo renacieran las viejísimas doctrinas antitrinitarias de Sabelio; tal vez negó la consustancialidad del Verbo, como Arrio, o la humanidad de Cristo, como Nestorio; o la absorbió en la divina, como Eutiquio; o soñó, cual los maniqueos, que el diablo comparte con Dios el dominio del Universo; o desconoció las virtudes de la gracia, como Pelagio; o cayó en los éxtasis y las flagelaciones de los montanistas... Imprudente y fanatizado, no supo callar, y entre los demás clérigos cundió la noticia de que sostenía proposiciones condenables, anticanónicas, dignas de tremendo castigo. Y corrió la voz, y fue aislado en su guarida, y los aldeanos le huyeron persignándose. Cada vez se secó más su cerebro; en vano su leal criada le escondió los libros fatales con propósito de quemarlos; él forzó la puerta del cuarto y los sacó y se engolfó en ellos y en sus cavilaciones y austeridades, hasta que, acabado de perder el juicio, negóse a comer por penitencia, y expiró diciendo que veía los cielos de par en par y los ángeles sobre nubecillas de oro, con palmas, coronas y muchos violines... El rayo hirió el árbol que daba sombra a la casa; y el pueblo, no conociendo que el hereje era un pobre mentecato, trazó en su puerta, en señal de reprobación y sentencia de infierno, la sangrienta cruz.

No necesito decir que todos cuatro sostuvimos nuestra respectiva versión con lujo de argumentos y pruebas. Cuando más nos habíamos enzarzado en la disputa, ladraron los perros, bajó el gañán a abrir la portalada, y entró el notario de Cebre, dispuesto a terciar en la partida de tresillo con que engañábamos las noches. Enterado del asunto que discutíamos, soltó una carcajada zafiota, se pegó un cachete en el testuz y exclamó, sin cesar de reír:

-¡Alabada la Virgen, lo que discurren! Pero ¡santos de Dios, si nunca en tal casa hubo ni sombra de cura!

-Pues ¿y los hábitos? ¿Y los libros? ¿Y...?

-Miren, esa casa... ¿Por qué no me preguntaron? ¡Se ahorraban el viaje y la visita a las ratas y a los ciempiés! Esa casa fue de una buena familia, un matrimonio y una cuñada o hermana que vivía con ellos. Cuando el cólera..., ¿no saben?, ¡que lo hubo terrible!, les murió en el pueblo un tío cura, dejándolos por herederos. Al marido le tentó la codicia, y fue a recoger la herencia. La trajo en ocho o nueve arcas y baúles; pero también trajo el cólera. La gente ya lo olfateaba; nadie se acercó a la casa, y le pusieron esa señal de almazarrón, como quien dice: "Escapar de aquí." Y en la casa y sin auxilio perecieron los tres con diferencia de horas. La cuñada se encerró en su cuarto para morir en paz y no oír los lamentos de la hermana... Hubo que romper la cerradura para sacar el cuerpo y enterrarlo. Esos manteos y esa sotana que ustedes vieron, a la cuenta eran de la herencia también, y los colgarían en el primer momento para que no se apolillasen... De bastante les sirvió.

Quedamos callados y confusos los novelistas. Yo pensaba en las tres víctimas, expirando solas en una casa abandonada que aisló el miedo, y deducía que, bien mirado, lo real es tan patético como la ficción. Al mismo tiempo compadecía a los jueces que, registrando el teatro de un crimen, buscan la huella del reo, y a los historiadores que interpretan documentos caducos.

Después de una larga carrera literaria de trabajo y lucha, Argimiro Rosa no había conseguido, ya no digamos la gloria, ni siquiera asegurar el cotidiano sustento. La extrañeza de su nombre y apellido, que juntos parecían formar caprichoso seudónimo, le fue útil al principio, en esos años juveniles en que brotan reputaciones efímeras, pronto derrocadas, si no descansan en merecimientos positivos. Las primeras poesías y artículos inocentes de Argimiro Rosa se leyeron con cierto interés, y quedó en la memoria de muchos el eco de tan raro nombre. "¡Argimiro Rosa! -decían vagamente-. ¡Argimiro Rosa! Sí, sí, ya caigo... Aguarde usted... En el Semanario..., en el Museo de las familias... En fin, no sé. Debe de ser de aquellos románticos melenudos."

Verdaderamente, aunque Argimiro llevó largo tiempo trova negra, reluciente y bien atusada, y solo la suprimió al advertir que se gastaba un sentido en remudar cuellos de gabanes, no se le podía afiliar a la escuela romántica genuina. Desde que los editores de obras por entregas hicieron presa en él y le impusieron su estética propia, Argimiro fluctuó entre un seudorromanticismo ojeroso y espeluznante y un seudorrealismo de presidio y taberna. Amarrado al duro banco de la producción forzada y del género de pacotilla, Argimiro imitó por turno y según lo requería el caso a Fernández y González, a Ortega y Frías, a Ayguals de Izco, a Pérez Escrich, en suma, a los maestros del género; y hasta llegó a competir con ellos, disputándoles asuntos efectivistas y melodramáticos encontrados por editores ingeniosos. Cierta popularidad oscura, que le valieron obras como Los canallas de guante blanco, Emperador, Fraile y verdugo, La Sombra del parricidio y Los hígados de un prestamista, pudo en ocasiones hacerle creer que, si hubiese dispuesto de libertad, dejaría escrito algo más selecto que salvase del olvido su nombre. Pero hacía bastantes años que Argimiro no acariciaba ese luminoso ensueño, hijo de la aurora. Aspiraba únicamente a ganar con sus engendros lo necesario, el duro pan de cada día a fin de no ser gravoso a nadie.

Porque conviene decir que Argimiro guardaba en su alma nociones de innata honradez y de ese nobilísimo orgullo que impulsa a trabajar por la independencia; además, tenía la cautela, la parsimonia, la callada modestia en el vivir que caracterizan a las personas delicadas, en quienes es una segunda Naturaleza la probidad. En este sentido, nadie menos bohemio que Argimiro Rosa, porque si conoció a fondo el arte de someterse a una privación oculta, ignoró siempre el de rehuirla pidiendo prestado un duro. Bien podía Argimiro no ser ningún geniazo de esos que señalan su paso por el mundo con huella esplendente; pero tampoco era, de fijo, de los que confunden el genio con las trampas.

Hasta cabía sostener la paradoja de que era rico Argimiro porque él no gastaba un céntimo más de sus ganancias y aun economizaba piquillos, que tenía de reserva "para el entierro", solía decir con humorismo apacible. Repugnábale, en efecto, la idea de esos sepelios de caridad a que parecen sentenciados los escritores, y consideraba una profanación de la muerte el sentimentalismo de ultratumba. Quería irse de este mundo como había vivido en él: sin importunar, sin abusar, sin avergonzarse.

Con este criterio, ya se deja entender que Argimiro había renunciado deliberadamente a los intranquilos goces de la familia. Sostener esposa y niños no cabía en los posibles del buen novelista, y ni las horrendas fechorías de la alta aristocracia, ni las inauditas guapezas de los chulos, referidas en interminables entregas, daban para tanto. Se resignó Argimiro a no tener más sucesión que los aventureros de frac y los rufianes de marsellés que creaba a docenas, a brochazos y en menos que canta un pollo, y formó su hogar en una casa de huéspedes, eligiendo patrona de buena entraña, manida y apacible, capaz de servir una tacita de caldo con cierta cordialidad afectuosa; y allí, en el reducido cuartucho, sobre angosta mesa, instaló el molino al vapor de las cuartillas. Solo Dios sabe cuántos raptos, desafíos, asaltos a conventos, intoxicaciones, puñaladas y desafueros de toda clase salieron de aquel modesto asilo, entre la cama de hierro, desvencijada ya, y una cómoda privada de tiradores. Mientras Argimiro deliberaba sobre si convenía emparedar al duque o sería mejor acuchillarle por la espalda, la perrita de aguas, Linda, única compañera de la soledad de Argimiro, dormitaba hecha una rosca, probando que los irracionales son más dichosos que el rey de la creación.

No porque se hubiese condenado a celibato voluntario carecía Argimiro de sensibilidad. Al contrario: su alma tierna rebosaba cariño, y se asfixiaba con no poder desahogarlo. Si Argimiro hubiese sido perfecto -ya se sabe que no puede jactarse de serlo ningún hombre-, no carga con la perrita; al cabo, Linda era un lujo, una superfluidad del corazón, un capricho sentimental, y nadie ignora que el más pequeño, el más humilde de estos caprichos entraña peligros sin cuento. ¡Imprudente Argimiro! ¿De qué te ha servido vedarte lo más dulce, abstenerte de lo más apetecible y natural, no tener esposa que te aguarde en la puerta, hijos que se te agarren a las rodillas? Para ti, el ser viviente que te da la bienvenida con alegres ladridos, que te mordisca y te baba las manos y se tiende en el suelo de puro gozo cuando te ve, que comparte tu lecho y al que guardas siempre el azúcar del café y las golosinas del postre..., te va a costar tan caro como podría costarte ese gran derroche de alma y bolsillo, ese gran poema en prosa que se llama el matrimonio. ¿Qué te valió atrincherarte? Dejaste un portillo, y por él entró la muerte.

A fuerza de velar y de poner la imaginación en tortura para discurrir nuevos desatinos; a fuerza de vida sedentaria y de comidas insulsas, de esas cuyo secreto poseen las pupileras, Argimiro había contraído un padecimiento del estómago que amenazaba arruinar para siempre su salud. El médico, consultado seriamente, opinó que el enfermo necesitaba alimentación escogida y sana, algo muy variado, nutritivo y apetitoso, que a la vez combatiese la atonía y la anemia. De no ser así, auguraba pésimos resultados. Sabia era la prescripción, pero mala de seguir para Argimiro, que pagaba catorce reales de pupilaje y jamás había puesto tacha ni reparo a las negras albóndigas, a la seca lonja de vaca, a las flatulentas judías y a la deslavazada sopa de fideos, si bien le infundían repugnancia indecible.

Quiso la casualidad que el médico, paisano y amigo constante de Argimiro, hablase del asunto con el opulento negociante don Martín Casallena, también paisano y amigo del médico y del escritor. Casallena era un rico de clara inteligencia y sentimientos generosos; adivinó que el enfermo no podía aplicar el método del doctor, y se apresuró a enviar a Argimiro una cartita, convidándole a comer aquella misma noche. El obsequio, aceptado, fue encantador, la señora del banquero prodigó a Argimiro las más corteses atenciones; reinó gratísima confianza en la mesa, y el escritor quedó invitado con empeño para todos los miércoles. Al miércoles siguiente, se extendió el convite también a los sábados, y más adelante, con habilidad piadosa, se le rogó que viniese todos los días, excepto los pocos en que la familia Casallena salía convidada a su vez.

Sorprendente fue el efecto de la reparadora comida en Argimiro. Cesaron los desvanecimientos que nublaban su vista, los dolores agudos y las desconsoladoras molestias diarias; el trabajo se hizo relativamente fácil, el bienestar del estómago contento irradió a todo el organismo. El novelista parecía otro; así se lo decían en la casa de huéspedes y se lo repetían en el café.

Una nube tenía, sin embargo, la reciente dicha de Argimiro. Su conciencia no estaba tranquila: mientras él disfrutaba de tan espléndida hospitalidad y tan opíparos banquetes, la pobre Linda, olvidada y sola, se aburría esperándole, y le acogía con bostezos llorones de hembra nerviosa que no se acostumbra al abandono en que la dejan y se desquita en malos humores y en gimoteos. En la mente de Argimiro nació el propósito de introducir a Linda en la buena sociedad que él frecuentaba. A fuerza de sacar conversaciones, de encarecer su apego a Linda, y las gracias y monerías de Linda, y de insistir en lo acostumbrada que estaba la perrilla a no separarse de su amo, logró que un día exclamase don Martín Casallena:

-Vamos, mañana se trae usted la Linda. Ya tenemos curiosidad de conocer a ese avechucho tan simpático.

-Aunque la señora de Casallena había torcido el gesto a esta espontaneidad de su consorte, Argimiro no quiso oír más, y Linda hizo su entrada solemne en los salones del banquero. Es de advertir que la señora de Casallena adoraba sus magníficos muebles, y no podía resistir que le estropeasen o manchasen las cortinas de crujidora seda y las tupidas y muelles alfombras. Al principio, Linda se condujo muy diplomáticamente en este terreno: correcta y distinguida, cogió las galletitas con la punta del hocico, las devoró en silencio y se hizo una rosca al pie de la chimenea, sobre el guardafuego, sin molestar a nadie. Por desgracia, así que empezó a tomar confianza y a dominar la situación, el animalito fue permitiéndose libertades, al pronto retozonas e inofensivas, después tan descomedidas, inconvenientes y enormes, que una noche yendo la señorita de Casallena a recoger del musiquero la sonata en fa para estudiarla al piano exhaló un chillido ratonil y huyó despavorida a su cuarto, a lavarse las manos con triple extracto de colonia...

Por lo cual, el señor de Casallena llamó aparte al escritor, y con suma política y bastantes rodeos, hubo de manifestarle que la presencia de Linda era incompatible con la tranquilidad de su hogar y el aseo de su mobiliario, y que le rogaba no la volviese a traer adonde producía tales disturbios. Y Argimiro, pálido, demudado y tartamudo de enojo, respondió al banquero que insultar y expulsar a Linda valía tanto como insultarle y expulsarle a él; a lo cual replicó Casallena, a su vez amoscado, que ciertamente merecería la expulsión el dueño si cometiese los mismos desmanes que la perra. Inclinóse Argimiro con altivo gesto; hizo un saludo tieso y forzado, y abandonó la estancia llevando en brazos a Linda. Ni al día siguiente ni nunca volvió a comer..., ¿qué es comer?, ni a cruzar la puerta de su antiguo y opulento anfitrión. Explicaciones, recados, mensajes por el médico..., todo se estrelló contra la dignidad herida de la perrita de aguas.

A los dos años, Argimiro Rosa falleció de un cáncer en el estómago, y como en la enfermedad se habían consumido sus economías, por fin le enterraron a expensas de algunos amigos. Casallena, que fue de los que dieron más, recogió a Linda y la mantuvo hasta que murió de vejez.

Las quintas de don Florencio Abrojo y don Eladio Paterno tenían una tapia común, de suerte que cuanto se hacía y decía en alguno de los dos jardines había de oírse por fuerza en el otro. Mientras don Florencio, solterón y solitario impenitente, entregado a su única manía, regaba, podaba o acodaba arbustos raros, las niñas de Paterno, que eran siete, y casi todas lindas, alegres y bulliciosas, correteaban como loquillas. Sus argentinas carcajadas, sus chillidos de júbilo, sus pasajeras grescas por un fruto o una flor, iban, cruzando el muro, a perturbar la calma y el silencio en que se complacía el fatigado y desengañado Abrojo.

La índole de la molesta algazara fue modificándose según crecían en años las señoritas de Paterno. Primero, juegos propiamente infantiles, escondites entre los rosales y las magnolias, paseos en carreta y pedradas a los árboles: después, chácharas interminables con amiguitas que venían de Marineda, partidas de crocket, mucho columpio, todo acompañado de meriendas de almíbar y pan: luego se agregó al elemento femenino el masculino, los señoritos animados y obsequiosos, y don Florencio pudo escuchar, con irritación creciente, las bromas intencionadas, los piropos rendidos, el tiroteo de frases agridulces entre ellas y ellos. A este período de escaramuzas siguió aquel en que, habiéndose echado novio dos o tres de las muchachas, las parejitas se sentaban en bancos de piedra, bajo los árboles que sombreaban la tapia misma, y sus voces llegaban como un arrullo a los dominios del señor de Abrojo.

El cual, precisamente, aspiraba a no ser molestado por ningún eco de las vanidades y ansias ociosas a que la humanidad se entrega. Misántropo, azotado por la vida como una barca por las olas, se había recogido a aquel huerto, buscando la paz y concretando sus deseos a intereses pequeñísimos, a aspiraciones que no causan goce ni dolor, a la floración de un jacinto, al crecimiento de una orquídea extraña. Sorda cólera le hervía dentro al entreoír las divinas tonterías del palique de los enamorados, y dos o tres veces estuvo a punto de lanzarles la regadera a la cabeza. Lo peor fue que circunstancias fortuitas le obligaron a entrar, mal de su grado, en relación con la familia Paterno, y que, a los pocos días de tratarse los vecinos, una de las niñas, María Consolación, se atrevió a deslizarse en el jardín de don Florencio y a pedirle clavelones para lucirlos en una corrida de toros. Solo siendo muy desatento se podía rehuir el compromiso; gruñendo interiormente, don Florencio dejó saquear los arrietes: María reunió un haz magnífico, embriagador, y después, con la sonrisa en los labios, lo curioseó todo en la finca, preguntando el nombre de cada planta desconocida y admirando las que conocía ya. Pensaba el señor de Abrojo ocultarle a la chiquilla los tesoros del invernáculo; no obstante, sin darse cuenta de por qué lo hacía, abrió de par en par la puerta vidriera, y paseó a María por entre las flores maravillosas, llegando al extremo de ofrecerle la más bonita, la admirable sterlicia regia. María salió afirmando que el vecino no era un señor tan ridículo como decían, y que con ella había estado sumamente amable. Alentadas por tal precedente, las demás hermanas quisieron pedir claveles a su vez. Encontraron cerrado el portal; nadie contestó a los aldabonazos, y hubieron de comprender que don Florencio resistía. Las señoritas no apretaron el cerco, y ninguna osó molestar más al solitario.

Los años corrieron; la familia de Paterno sufrió cambios y vicisitudes. El padre murió, tres hijas se casaron, marchándose con sus respectivos esposos, y María Consolación, la alborotadora niña de los claveles, sintió de pronto vocación religiosa, e ingresó en un monasterio compostelano. La madre de María, por no sostener la quinta, la dio en arriendo a un industrial de Marineda, que solo pasaba en el campo los domingos, y don Florencio, cada día más retraído y huraño, notó que el jardín próximo no le mandaba ya sino alto silencio y soñolienta modorra.

Cierto día, cuando menos se lo esperaba, recibió el señor de Abrojo una carta de angosto sobre, escrita con letra tímida y fina, letra femenil, y al abrirla, en la cabecera de la misiva se destacaron una cruz y las iniciales J. M. J. (Jesús, María y José). Era Consolación, hoy sor María del Consuelo, la que enviaba a don Florencio dos páginas difusas, ingenuas y melifluas, donde la monjita expresaba afectuosamente un sentimiento halagüeño y delicado; la gratitud por aquella distinción del regalo de los clavelones y el deseo de que quien había sido para ella tan deferente pasase unas Pascuas de Navidad felicísimas y un Año Nuevo muy dichoso, si lo permitía el Señor, a quien rogaba siempre por don Florencio. Sí, sor María rogaba por él; sor María solicitaba de Nuestra Señora que apartase de él toda desgracia. Lo único que sor María lamentaba era que aquellos claveles, destinados a la profanidad, no hubiesen sido ofrecidos a la Virgen.

Venida de la soledad y del retiro, la carta conmovió un poco al solitario. Representóse a la graciosa criatura de revuelto pelo y encendidas mejillas, que un tiempo le pedía claveles -hoy pálida, macerada, bajo la austera toca, de hinojos en una iglesia desierta, apoyando la frente en la reja negra y fría-, y como la primera vez, repentino impulso desarrugó su corazón y le dictó un rasgo galante, un golpe de sus antiguos tiempos. Arrasó el invernáculo, encajonó entre musgo las flores más preciosas que aún quedaban, las camelias de nieve, los resedas de invierno, las precoces violetas, y dirigió el cajón al convento para sor María.

La respuesta fue otra cartita más suave, más tierna, más llena de amistosa unción y atrevimientos inocentes. Sor María no se cansaba de alabar las flores: ¡qué cosas tan bonitas hace Nuestro Señor, y cómo serán los jardines del cielo, cuando así adorna los de la tierra! ¡El altar estaba tan rico con los floreros cuajados, y la comunidad admiraba tanto aquellos primores!... Sor María, en su pobreza, no podía pagar el obsequio sino con un escapulario; pero lo había bordado ella misma, y rogaba a su amigo que lo llevase puesto siempre. Y el señor de Abrojo, con más viveza de lo que consentían sus años, sacó el doble rectángulo de seda, deshizo el pulcro nudo del cordón y pasó el escapulario al cuello. Más tarde se lo quitó; pero un gozo pueril le hizo releer la carta.

A los quince días, la monja volvió a escribir. Don Florencio también releyó la epístola, mas no por saborearla, sino por cerciorarse de lo que envolvían las cuatro carillas de letrita bien prieta. En las tres primeras solo halló candorosas efusiones: tratábase de la música, de Santa Cecilia, del piano a que sor María era aficionada cuando vivía en el siglo, y del armonio, que ahora estaba aprendiendo a tocar con el fin de servir de organista. Pero ¡qué fatalidad, luchar con un armonio de alquiler, de mala muerte, sin voces, sin sonoridad alguna! Si la comunidad no fuese tan pobre -aquí empezaba la cuarta plana-, se resolverían a adquirir un buen armonio, y a ella, a sor María, sin duda por inspiración de Dios, y sin que la prelada se enterase, ¡quiá!, se le había ocurrido que su predilecto amigo don Florencio, de tan nobles sentimientos y generosa alma, no tendría quizá inconveniente en garantizar las dos mil pesetas del armonio, que se le irían abonando a plazos, según pudiese la pobrecilla comunidad. ¡Cuánto mayor gusto sentiría en estudiar en aquel instrumento, debiéndolo, como lo debería, a la limosnita afectuosa del señor de Abrojo!

Don Florencio soltó la carta, y sardónica mueca crispó sus labios, que ocultaba el lacio bigote gris. ¡Ah! ¡La eterna perfidia de la mujer, su silbo de culebra, que solo halaga para emponzoñar, su insinuante dulzura, peor que los más activos venenos! No era el desengaño presente, la tenue y espiritualísima ilusión perdida lo que inundaba como ola de hiel el alma del viejo, sino tantos recuerdos que salían del olvido y revoloteaban azotándole con sus polvorientas alas de murciélago, al evocar historias hondamente tristes, de ajenos egoísmos y de propios dolores. Siempre el trueque interesado, la caricia moral y material a cambio de algo útil; siempre la misma comedia, que hasta desde el claustro podía representarse con éxito. ¿Con éxito? Se vería. El solterón tomó papel y pluma y contestó a la monja, una carta larga, borrascosa, incoherente, que al repasarla, antes de confiarla al correo, le hizo soltar, a solas, estruendosa carcajada, mientras malignamente se restregaba las manos.

-Pero ¿no me decía usted que don Florencio es un señor ya anciano y formal, muy formal? -preguntó la abadesa a sor María, después de repasar la carta que ésta presentaba ruborosa y con los ojos bajos.

-Madre, sí que lo es; pero a mí me parece que se ha vuelto loco, o que chochea antes de tiempo.

-¡Válgame Dios! Pues, hija, ¿sabe usted lo que yo creo? Que ni es loco ni chocho, sino un tacaño de mucha habilidad. Y este papelucho se quema ahora mismo -añadió, severamente la prelada, que, ejecutado el auto de fe, dijo a sor María, viéndola arrodillarse-: No se altere usted, hija, no se angustie... Claro que ya no vuelve usted nunca a escribir a ese... caballero, ni a acordarse de que existe.

Así puntualmente sucedió. El señor de Abrojo no supo más de la monjita, y siguió vegetando entre sus flores, que nada piden ni hacen soñar nada.

GEÓRGICAS

Fue por el tiempo de las majas, mientras la rubia espiga, tendida en las eras, cruje blandamente, amortiguando el golpe del mallo, cuando empezó la discordia entre los del tío Ambrosio Lebriña y los del tío Juan Raposo.

Sucedió que todo el julio había sido aquel año un condenado mes de agua, y que sólo a primeros de agosto despejó el cielo y se metió calor, el calor seco y vivo que ayuda a la faena. "Hay que majar, que ya andan las canículas por el aire", decían los labriegos; y el tío Raposo pidió al tío Lebriña que le ayudase en la labor. Este ruego envolvía implícitamente el compromiso de que, a su vez, Raposo ayudaría a Lebriña, según se acostumbra entre aldeanos.

No obstante, llegado el momento de la maja de Lebriña, el socarrón de Raposo escurrió el bulto, pretextando enfermedades de sus hijos, ocupaciones; en plata, disculpas de mal pagador. Lebriña, indignado de la jugarreta, tuvo con Raposo unas palabras más altas que otras en el atrio de la iglesia, el domingo, a la salida de misa. Por la tarde, en la romería, Andrés, el mayor de Lebriña, después de beber unos tragos, se encontró con Chinto, el mayor de Raposo, y requiriendo la moca o porra claveteada, mirándose de soslayo, como si fuesen a santiguarse...; pero no hubo más entonces.

Vivían las familias de Lebriña y Raposo pared por medio, en dos casas gemelas, que el señor había mandado edificar de nuevo para dos lugarcitos muy redondos. Al recogerse aquel domingo, mientras los hombres, gruñones y enfurruñados, mascullaban la ira, las mujeres, sacando a la puerta los tallos o asientos hechos de un tronco, se disponían a pasar las primeras horas de la noche al fresco. En vez de armar tertulia con las vecinas, cada bando afectó situarse lo más lejos que permitía la estrechez de los corrales. La tía Raposo y su hija Joliana, que tenían fama de mordaces y satíricas, tomaron sus panderetas e improvisaron una triada muy injuriosa; en sustancia, venía a decir que, en casa de Lebriña, los hombres eran hembras y las mujeres machos bigotudos. Es de advertir que los Lebriñas debían su apodo, convertido en apellido ya, a cierta mansedumbre tradicional en los varones de la familia, y también conviene saber que Aura Lebriña, moza soltera de unos veinticinco años de edad, lucía sobre sus gruesos y encendidos labios un pronunciado bozo oscuro. Aura no sabía improvisar como las Raposos; pero, ni tarda ni perezosa, recogió el guante, y en prosa vil les soltó una carretera de desvergüenzas gordas, mezcladas con maldiciones a los hombres, gallinas cluecas, que no tenían alma para cosa ninguna. Al oír la pauliña de Aura, el tío Ambrosio asomó la nariz, y empujando a su hija por los hombros, la hizo retirar, mientras los de Raposo la perseguían con pullas irónicas.

Pocos días después, yendo Chinto Raposo armado de gavilo, a cortar tojo en el monte, vio a Aura Lebriña que lindaba su vaca en una heredad de maíz. Aunque tostada del sol, como la heroína de los cantares, y aunque de boca sombreada y recias formas, la moza no era despreciable, y al mozo se le ocurrió burlarla, más tentado por el fino gusto de pisotear a los Lebriñas que por los atractivos de la pastora. Y avínole mal, porque en el país galiciano, la mujer, hecha a trabajos tan rudos como el hombre, le iguala en fuerza física, y a veces le supera, y en el juego de la lucha no es raro el caso de que salgan vencedoras las mujeres. Sin más armas que sus puños, Aura sujetó a Chinto y le dio una paliza con el mango de la guadaña, mientras la vaca, pendiente el bocado de hierba entre los belfos, fijaba en el grupo sus ojazos pensativos. Molido y humillado, Chinto Raposo se vengó cobardemente; aprovechó un descuido de Aura, y metiéndole de pronto la mano en la boca y apartando con violencia los dedos pulgar e índice, rasgó las comisuras de los labios. La sorpresa y el dolor paralizaron un instante a la amazona, y Chinto pudo huir.

Todo el día lloriqueó la muchacha desesperadamente, porque el eterno femenino salta también de entre los terrones, y la infeliz temía quedar desfigurada. Las malditas comadres de las Raposos, desde su puerta, se mofaban de Aura sin compasión, apodándola Boca Rota, y Aura, en sorda voz, murmuraba que, si se había concluido ya la casta de los hombres, saldrían a plaza las mujeres, y se vería lo que eran capaces de hacer.

Andrés Lebriña, muy descolorido, oía a su hermana y callaba como un muerto. Estos silencios cerrados son de mal agüero en las personas pacíficas. Sin embargo, pasó una semana, las heridas de Aura empezaron a cicatrizarse, y los Raposos, más insolentes que nunca, se reían en público de toda la casta de Lebriña. El día de la feria, Chinto Raposo cargó un carro de repollos y bajó a la ciudad a venderlo. Regresaba, anochecido ya, algo chispón, con el carro vacío, y al sepultarse en uno de esos caminos hondos y angostos, limitados por los surcos de la llanta, recibió a traición un golpe en el duro cráneo y luego otro, que le derribó aturdido como un buey. En medio de su desvanecimiento sintió confusamente que algo muy pesado y duro le oprimía el pecho: eran unos zuecos de álamo, con tachuelas, bailando el pateado sobre su esternón.

Cuando suceden estas cosas en la aldea, en verdad os digo que rara vez pasa el asunto a los tribunales. El labriego, por una parcelilla de terreno, por un tronco de pino, por un puñado de castañas se apresurará en acudir a la justicia: la propiedad entiende el que ha de defenderse por las vías legales; pero la seguridad personal es cuenta de cada quisque: contra palos, palos, y a quien Dios se la dé, San Pedro se la bendiga. En la aldea, el que más y el que menos tiene sobre su alma una buena ración de leña administrada al prójimo y nadie quiere habérselas con escribanos procuradores y jueces, negras aves fatídicas, que traen la miseria entre su corvo pico.

Antes que Chinto Raposo pudiese levantarse de la cama, donde permanecía arrojando en abundancia bocanadas de sangre, sus dos hermanos menores, Román y Duardos, le habían jurado la vendetta. Andrés Lebriña, por su parte, trataba de esconderse; pero el labriego ha de salir sin remedio a su trabajo, y la fatalidad quiso que le llamasen a jornal en la carretera en construcción, adonde también acudían los Raposos. Estos velaron a su enemigo, como el cazador a la perdiz, y aprovechándose de una disputa que se alzó entre los jornaleros, arrojaron a Andrés sobre un montón de piedra sin partir, y con otra piedra le machacaron la sien. Se formó causa, pero faltó prueba testifical: nadie sabe nada, nadie ha visto nada en tales casos. El señor abad de la parroquia de Tameige rezó unos responsos sobre el muerto y hubo una cruz más en el campo santo: negra, torcida, con letras blancas.

El golpe aplanó completamente a los Lebriñas. Ellos eran gente apocada, resignada, y solo a fuerza de indignación y ultrajes había salido de sus casillas Andrés. También los Raposos, astutos en medio de su barbarie, creyeron que, después de suprimir a un hombre, les convenía estarse callados y quietos, por lo cual cesaron completamente las provocaciones e invectivas de las mujeres desde la puerta.

Sin embargo, había alguien que no olvidaba al que se pudría bajo la cruz negra del cementerio: Aura, la hermana, la que se había llevado toda la virilidad de la familia. Vestida de luto, en pie en el umbral de su casucha, ronca a fuerza de llorar, lanzaba a la casa de los Raposos ardientes miradas de reto y maldición. Y sucedió que al verano siguiente, cuando la cosecha recogida ya prometía abundancia, una noche, sin saber por qué, prendióse fuego el pajar de Raposo y a la vez aparecieron ardiendo el cobertizo, el hórreo y la vivienda. Los Raposos, aunque dormían como marmotas, al descubrirse el fuego pudieron salvar, sufriendo graves quemaduras, solo a uno de los hijos. A Román, el que pasaba por autor material de la muerte de Andrés Lebriña, se le encontró carbonizado sin que nadie comprendiese cómo un mozo tan ágil no supo librarse del incendio.

Aquí tienen ustedes lo que aconteció en la feligresía de San Martín de Tameige por no querer los Raposos ayudar a los Lebriñas en la faena de la maja.

EL VOTO

Sebastián Becerro dejó su aldea a la edad de diecisiete años, y embarcó con rumbo a Buenos Aires, provisto, mediante varias oncejas ahorradas por su tío el cura, de un recio paraguas, un fuerte chaquetón, el pasaje, el pasaporte y el certificado falso de hallarse libre de quintas, que, con arreglo a tarifa, le facilitaron donde suelen facilitarse tales documentos.

Ya en la travesía, le salieron a Sebastián amigos y valedores. Llegado a la capital de la República Argentina, diríase que un misterioso talismán -acaso la higa de azabache que traía al cuello desde niño- se encargaba de removerle obstáculos. Admitido en poderosa casa de comercio, subió desde la plaza más ínfima a la más alta, siendo primero el hombre de confianza; luego, el socio; por último, el amo. El rápido encumbramiento se explicaría -aunque no se justificase- por las condiciones de hormiga de nuestro Becerro, hombre capaz de extraer un billete de Banco de un guardacantón. Tan vigorosa adquisividad -unida a una probidad de autómata y a una laboriosidad más propia de máquinas que de seres humanos -daría por sí sola la clave de la estupenda suerte de Becerro, si no supiésemos que toda planta muere si no encuentra atmósfera propicia. Las circunstancias ayudaron a Becerro, y él ayudó a las circunstancias.

Desde el primer día vivió sujeto a la monástica abstinencia del que concentra su energía en un fin esencial. Joven y robusto, ni volvió la cabeza para oír la melodía de las sirenas posadas en el escollo. Lenta y dura comprensión atrofió al parecer sus sentidos y sentimientos. No tuvo sueños ni ilusiones; en cambio, tenía una esperanza.

¿Quién no la adivina? Como todos los de su raza, Sebastián quería volver a su nativo terruño, fincar en él y deberle el descanso de sus huesos. A los veintidós años de emigración, de terco trabajo, de regularidad maniática, de vida de topo en la topinera, el que había salido de su aldea pobre, mozo, rubio como las barbas del maíz y fresco lo mismo que la planta del berro en el regato, volvía opulento, cuarentón, con la testa entrecana y el rostro marchito.

Fue la travesía -como al emigrar- plácida y hermosa, y al murmullo de las olas del Atlántico, Sebastián, libre por vez primera de la diaria esclavitud del trabajo, sintió que se despertaban en él extraños anhelos, aspiraciones nuevas, vivas, en que reclamaba su parte alícuota la imaginación. Y a la vez, viéndose rico, no viejo, dueño de sí, caminando hacia la tierra, dio en una cavilación rara, que le fatigaba mucho; y fue que se empeñó en que la Providencia, el poder sobrenatural que rige el mundo, y que hasta entonces tanto había protegido a Sebastián Becerro, estaba cansado de protegerle, y le iba a zorregar disciplinazo firme, con las de alambre: que el barco embarrancaría a la vista del puerto, o que él, Sebastián, se ahogaría al pie del muelle, o que cogería un tabardillo pintado, o una pulmonía doble.

De estas aprensiones suele padecer quien se acerca a la dicha esperada largo tiempo. Y con superstición análoga a la que obligó al tirano de Samos a echar al mar la rica esmeralda de su anillo, Sebastián, deseoso de ofrecer expiatorio holocausto, ideó ser la víctima, y reprimiendo antojos que le asaltaran al fresco aletear de la brisa marina y al murmullo musical del oleaje, si había de prometer al Destino construir una capilla, un asilo, un manicomio, hizo otro voto más original, de superior abnegación: casarse sin remedio con la soltera más fea de su lugar. Solemnizado interiormente el voto, Sebastián recobró la paz del alma, y acabó su viaje sin tropiezo.

Cuando llegó a la aldea, poníase el sol entre celajes de oro; la campiña estaba muda, solitaria e impregnada de suavísima tristeza, todo lo cual es parte a sacar chispas de poesía de la corteza de un alcornoque, y no sé si pudo sacar alguna del alma de Sebastián. Lo cierto es que en el recodo del verde sendero encontró una fuente donde mil veces había bebido siendo rapaz, y junto a la fuente, una moza como unas flores, alta, blanca, rubia, risueña; que el caminante le pidió agua, y la moza, aplicando el jarro al caño de la fuente y sosteniéndolo después, con bíblica gracia, sobre el brazo desnudo y redondo, lo inclinó hasta la boca de Sebastián, encendiéndole el pecho con un sorbo de agua fría, una sonrisa deliciosa y una frase pronunciada con humildad y cariño: "Beba, señor, y que le sirva de salú."

Siguió su camino el indiano, y a pocos pasos se le escapó un suspiro, tal vez el primero que no le arrancaba el cansancio físico; pero al llegar al pueblo recordó la promesa, y se propuso buscar sin dilación a su feróstica prometida y casarse con ella, así fuese el coco.

Y, en efecto, al día siguiente, domingo, fue a misa mayor y pasó revista de jetas, que las había muy negruzcas y muy dificultosas, tardando poco en divisar, bajo la orla abigarrada de un pañuelo amarillo, la carátula japonesa más horrible, los ojos más bizcos, la nariz más roma, la boca más bestial, la tez más curtida y la pelambrera más cerril que vieron los siglos; todo acompañado de unas manos y pies como paletas de lavar y una gentil corcova.

Sebastián no dudó ni un instante que la monstruosa aldeana fuese soltera, solterísima, y no digo solterona, porque la suma fealdad, como la suma belleza, no permite el cálculo de edades. Cuando le dijeron que el espantojo estaba a merecer, no se sorprendió poco ni mucho, y vio en el caso lo contrario que Policrates en el hallazgo de su esmeralda al abrir el vientre de un pez; vio el perdón del Destino, pero... con sanción penal: con la fea de veras, la fea expiatoria. "Esta fea -pensó- se ha fabricado para mí expresamente, y si no cargo con ella, habré de arruinarme o morir."

Lo malo es que a la salida de misa había visto también el indiano a la niña de la fuente, y no hay que decir si con su ropa dominguera y su cara de pascua, y por la fuerza del contraste, le pareció bonita, dulce, encantadora, máxime cuando, bajando los ojos y con mimoso dengue, la moza le preguntó "si hoy no quería agüiña bien fresca". ¡Vaya si la quería! Pero el hado, o los hados -que así se invocan en singular como en plural- le obligaban a beber veneno, y Sebastián, hecho un héroe, entre el asombro de la aldea y las bascas del propio espanto, se informó de la feona, pidió a la feona, encargó las galas para la feona y avisó al cura y preparó la ceremonia de los feos desposorios.

Acaeció que la víspera del día señalado, estando Sebastián a la puerta de su casa, que proyectaba transformar en suntuoso palacete, vio a la niña de la fuente, que pasaba descalza y con la herrada en la cabeza. La llamó, sin que él mismo supiese para qué, y como la moza entrase al corral, de repente el indiano, al contemplarla tan linda e indefensa -pues la mujer que lleva una herrada no puede oponerse a demasías-, le tomó una mano y la besó, como haría algún galán del teatro antiguo. Rióse la niña, turbóse el indiano, ayudóla a posar la herrada, hubo palique, preguntas, exclamaciones, vino la noche y salió la luna, sin que se interrumpiese el coloquio, y a Sebastián le pareció que, en su espíritu, no era la luna, sino el sol de mediodía, lo que irradiaba en oleadas de luz ardorosa y fulgente...

-Señor cura -dijo pocas horas después al párroco-, yo no puedo casarme con aquélla, porque esta noche soñé que era un dragón y que me comía. Puede creerme que lo soñé.

-No me admiro de eso -respondió el párroco, reposadamente-. Ella dragón no será, pero se le asemeja mucho.

-El caso es que tengo hecho voto. ¿A usted qué le parece? Si le regalo la mitad de mi caudal a esa fiera, ¿quedaré libre?

-Aunque no le regale usted sino la cuarta parte o la quinta... ¡Con dos reales que le dé para sal!...

Sin duda, el cura no era tan supersticioso como Becerro, pues el indiano, a pesar de la interpretación latísima del párroco, antes de casarse con la bonita, hizo donación de la mitad de sus bienes a la fea, que salió ganando: no tardó en encontrar marido muy apuesto y joven. Lo cual parece menos inverosímil que el desprendimiento de Sebastián. Verdad que este era fruto del miedo...

LOS HUEVOS ARREFALFADOS

¡Qué compasión de señora Martina, la del tío Pedro el carretero! Si alguien se permitiese el desmán de alzar la ropa que cubría sus honestas carnes, vería en ellas un conclave, un sacro colegio, con cardenales de todos los matices, desde el rojo iracundo de la cresta del pavo, hasta el morado oscuro de la madura berenjena. A ser el pellejo de las mujeres como la badana y la cabritilla, que cuanto mejor tundidas y zurradas más suaves y flexibles, no habría duquesa que pudiese apostárselas con la señora Martina en finura de cutis. Por desgracia, no está bien demostrado que la receta de la zurra aprovecha a la piel ni siquiera al carácter femenil, y la esposa del carretero, en vez de ablandarse a fuerza de palizas, iba volviéndose más áspera, hasta darse al diablo renegando de la injusticia de la suerte. ¿Ella qué delito había cometido para recibir lección de solfeo diaria? ¿Qué motivo de queja podía alegar aquel bruto para administrar cada veinticuatro horas ración de leña a su mitad?

Martina criaba los chiquillos, los atendía, los zagaleaba; Martina daba de comer al ganado; Martina remendaba y zurcía la ropa; Martina hacía el caldo, lavaba en el río, cortaba el tojo, hilaba el cerro, era una esclava, una negra de Angola..., y con todo eso, ni un solo día del año le faltaba en aquella casa a San Benito de Palermo su vela encendida. En balde se devanaba los sesos la sin ventura para arbitrar modo de que no la santiguase a lampreazos su consorte. Procuraba no incurrir en el menor descuido; era activa, solícita, afectuosa, incansable, la mujer más cabal de toda la aldea. No obstante, Pedro había de encontrar siempre arbitrio para el vapuleo.

Solía Martina desahogar las cuitas y penas domésticas con su compadre el tabernero Roque, hombre viudo, de tan benigno carácter como agrio y desapacible era el de Pedro. Oía Roque con interés y piedad la relación de la desdichada esposa, y se desvivía en prodigarle sanos consejos y palabras de simpatía y compasión.

"Aquel Pedro no tenía perdón de Dios en tratar así a la comadre Martina, que después de haber echado al mundo cinco rapagones, era la mejor moza de toda la aldea y hasta, si a mano viene, de Lugo. Y luego, tan trabajadora, limpia como el oro, mansita como el agua. ¡Ah, si él hubiera tenido la fortuna de encontrar mujer así, y no su difunta, que gastaba un geniazo como un perro!" Martina entonces rogaba al compadre que intentase convertir a su marido, que le hablase al corazón, y el tabernero prometía hacerlo con mucha eficacia y alegando mil razones persuasivas.

-Pero, compadre, escuche y perdone -interrogaba la pobre apaleada-. ¿Qué quejas da de mí mi marido?

-Como quejas, nada; fantasías, antojos, rarezas... Que el caldo estaba salado, y a él le gusta con poca sal... Que el pan estaba medio crudo... Que le faltaba un botón al chaleque...

-Yo me enmendaré, compadre... A fe que de hoy en adelante no ha de notar falta ninguna.

Y, en efecto, redablando el cuidado y el cariño, Martina se descuajaba por quitar pretexto a las atrocidades de su hombre.

La casa marchaba como trompo en uña: la comida era gustosa, dentro de su pobreza; los suelos estaban barridos como el oro, y ni con poleas y cabrias se podían arrancar los botones del chaleque del tío Pedro. Así y todo, éste encontraba ingeniosos recursos en que fundan la consuetudinaria solfa. Por poco que duerma la buena voluntad, anda más despierta la mala, que nunca pega ojo.

Sin embargo, como también las costillas doloridas y brumadas infunden sutileza, Martina, a fuerza de paciente estudio, de hábil observación, de minuciosa solicitud y de eficaz memoria, llegó a amoldarse a los menores caprichos, a las más ridículas exigencias de su cónyuge, bailándole el agua de tal manera, que el tío Pedro no acertaba ya a buscar pretexto para enfadarse. Mas no era hombre de reparar en tan poco, y he aquí lo que discurrió para no dar reposo a la estaca.

Consistía, generalmente, la cena de los esposos en una taza de caldo guardado de mediodía y unos huevos fresquitos, postura de las gallinas del corral. Deseosa de complacer al amo y señor, Martina se esmeraba en variar el aderezo en estos huevos, presentándolos unas veces fritos, escalfados otras, ya pasados, ya en tortilla. Pero el tío Pedro empezó a cansarse de tales guisos y a pedir, con sus buenos modos de costumbre, que se los variasen; y una noche que gruñó y renegó más de la cuenta, su mujer se atrevió a decirle, con gran dulzura:

-Hombre, ¿qué guiso te apetece para los huevos?

La respuesta fue una terrible guantada, mientras una voz cavernosa decía:

-¡Los quiero arrefalfados! ¡Arrefalfados!

Con el dolor y el susto, Martina no se atrevió a preguntar qué clase de aderezo era aquel; pero a la noche siguiente preparó los huevos por un estilo que le había enseñado una vecina, ex cocinera de un rico hacendado lugués.

El plato trascendía a gloria cuando entró el carretero muy mal engestado y se sentó sin contestar a su mujer, que le daba las buenas noches. Con mano trémula depositó Martina sobre el artesón que servía de mesa el apetitoso guiso... Y su marido, ¡siniestro presagio!, callado, fosco, sin soltar la aguijada con que picaba a los bueyes de su carreta. Al divisar el guiso, una risa diabólica contrajo su rostro; apretó la vara, y levantándose terrible, exclamó:

-¡Condenación del infierno! ¿No te tengo dicho que los quiero arrefalfados?

A estas frases acompañó un recio varazo en las espaldas de Martina, seguido de otro que se quedó un poco más cerca del suelo; y tal fue la impresión, que la infeliz hubo de exclamar, con voz de agonía:

-¡Váleme, San Pedro! ¡Váleme, San Pablo!

Algún efecto produjo en el carretero la invocación, porque conviene saber que en la parroquia se profesaba devoción ferviente a las imágenes de estos grandes Apóstoles, dos efigies muy antiguas que adornaban la iglesia desde tiempo inmemorial. Pero poco duró el respeto religioso, pues el marido, volviendo a enarbolar la vara, alcanzó a su mujer de un varazo en la cintura, tan recio y cruel, que Martina hubo de echar a correr, exclamando:

-¡Ay, ay, ay, ay! Socorro, vecinos... Que me mata este hombre.

Disparada como un venablo atravesó la aldea, hasta refugiarse en la taberna del compadre Roque, a quien encontró disponiéndose a trancar la puerta, porque a semejante hora de la noche no contaba ya con parroquianos. Causóle gran sorpresa la llegada repentina de la comadre, y viéndola tan sobresaltada y fatigosa, se apresuró a brindarle "una pinga, que no hay otra cosa como ella para espantar los disgustos". Bebió Martina, y ya más confortada, refirió, entre hipo y sollozos, la tragedia conyugal.

-Mire, ahora sí que estoy convencida de que aquel infame no tiene temor de Dios, ni caridad, ni vergüenza en la cara, y tira a acabar conmigo, a echarme a la sepultura... Que me reprendiese y me pegase tundas cuando notaba faltas, andando... Pero amañárselo todo a voluntad, matarme a hacerle bien la comida y los menesteres, y ahora inventar eso de los huevos arrefalfados, que un rayo me parta si sé lo que son Compadre, por el alma de quien tiene en el otro mundo, me diga cómo se ponen esos huevos.

-Nunca tal guiso oí mentar, comadre -respondió el tabernero, ofreciendo a la desconsolada otra pinga-. Es una bribonada de ese mal hombre, porque no encuentra chatas que poner y quiere arrearle. A fe de Roque que ha de llevar su merecido. Comadre, déjeme a mí. Usted calle y haga lo que yo le diga. Y ahora no piense en volver allá hasta mañana por la mañana...

-¡Asús bendito!

-Lo dicho, no vuelva... Quédese aquí, que mal no le ha de pasar ninguno -profirió el tabernero, mirándola con encandilados ojos-. Cena para los dos la hay, y más un vino de gloria, y castañas nuevas. Que no lo sepa en la parroquia ni el aire... En amaneciendo se va a su casita. Guíese por mí; descanse en el compadre Roque. Que me muera, si dentro de dos o tres días no ha de estar aquel brutón más amoroso que la manteca. Ya me dará las gracias.

-¿Y si pregunta?

-Ya cavilaremos lo que se ha de contestar... Usted sosiegue, que yo tomo el negocio de mi cuenta.

Tan cansada, dolorida, asustada y hambrienta estaba Martina, que se dejó convencer, y saboreó el mosto y las tempranas castañas. Antes de ser de día, envuelta en el mantelo, llamaba con temor a la puerta de su casuca. El corazón le pegaba brincos, y creía sentir ya en los hombros el calor de la vara, o en los carrillos los cinco mandamientos del indignado esposo. ¡Cosa rara, y explicable, sin embargo, por ciertas corrientes psicológicas a que obedecen las oscilaciones del barómetro conyugal! El tío Pedro la recibió con una cordialidad gruñona, que en él podría llamarse amabilidad y galantería.

-Mujer o trasno, ¿de dónde vienes? Como vuelvas a marcharte así, ya verás... ¿Onde dormiste?

-En el monte.

-¿En el monte, condenada?

-Por cierto, junto al puente, donde está la tejera de Manuel.

-El diaño que te coma, y allí, ¿qué cama tenías?

-Las espinas de los tojos, mal hombre; pero Dios consuela a los infelices y castiga a los sayones judíos como tú; ya te llegará la tuya, verdugo.

-Demasiado hablas -refunfuñó el carretero, queriendo desplegar gran aparato de enojo, pero subyugado indudablemente por el tono y el acento de su mujer-. ¿Quién te ha dado ese gallo que traes?

-Quien puede.

-Como yo sepa que andas en chismes con las vecinas y aconsejándote de brujas..., te he de brear.

-No fue bruja ninguna, ladrón; no fue sino Dios del cielo, que ya se cansa de aguantar tus perradas...

-Mismamente Dios te vino a ti con el recadito.

-Dios, no; pero San Pedro y San Pablo, sí; que los vi tan claros como te estoy viendo, y con la mar de angelitos alrededor, y unas caras muy respetuosas, y unas barbas que metían devoción; y me dijeron que ya te ajustarán ellos las cuentas por estarme crucificando.

-A callar y a tu obligación, lenguatera.

Atónita Martina de ver que su tirano no pasaba a vías de hecho, obedeció y se ocupó en labores domésticas, mientras el carretero, algo cabizbajo y mohíno, preparaba su carro para acarrear leña a Lugo.

El mismo camino tomó el tabernero Roque, y apenas llegado a la ciudad, se dio a buscar a un su amigote, barbero por más señas, con quien celebró misterioso conciliábulo; y entre tajada de bacalao y copa de aguardiente, trazaron la broma que habían de ejecutar aquella misma noche. Para el objeto se procuraron una sábana blanca, una manta colorada, dos barbas postizas, dos pelucones de cerro y una linterna. La hora del anochecer sería cuando el tabernero y barbero se apostaron cerca del puente por donde el carretero tenía que pasar a la vuelta con el carro vacío. Ya se habían disfrazado los dos cómplices, riendo a carcajadas y auxiliados por Martina, que ajustó al uno las barbas blancas y el manto rojo de San Pablo, y al otro, la sábana y el pelucón del primer pontífice. Y cuando ambos apóstoles, empuñando sendos garrotes, o, mejor dicho, claveteadas mocas, se ocultaron a corta distancia del puente, Martina tuvo un escrúpulo, y les dijo, con suplicante voz:

-No me manquéis a mi hombre, que al fin él es quien gana el pan de los rapaces. Escarmentailo un poco, para que sepa cómo duele.

Al paso tardo de los bueyes, que mugían de nostalgia conforme se acercaban al establo, adelantaba el tío Pedro por el caminito estrecho y escabroso que limitaba de una parte el monte y el río Miño de otra. Apuraba al ganado, porque, sin explicarse la razón, aquel día deseaba verse en su hogar despachando su cena, y la noche se había entrado muy pronto, como que corría entonces el solsticio de invierno. El carretero aguijaba a la yunta con la misma vara que le había servido para medir el costillaje de su esposa el día anterior. La luna, asomando por entre negros nubarrones, alumbraba medrosamente el paisaje, el agua triste del río, el monte próximo, los árboles decalvados por la estación invernal. Un estremecimiento de pavor heló el espíritu del carretero al acercarse al puente y ver blanquear las tapias de la tejera en la falda de la colina. De repente, el carro se detuvo, y al resplandor lunar, dos figuras tremendas, saliendo de la sombra que proyectaba el arco del puente, se plantaron en mitad del camino. Eran los mismos apóstoles del retablo de la iglesia: San Pablo, con sus barbazas hasta la cintura y su manto colorado; San Pedro, rechoncho y calvo, con su cerquillo de rizo y su blanca túnica sacerdotal. Solo que, en vez de espada y las llaves, los apóstoles enarbolaban cada tranca que ponía miedo, y a compás las dejaban caer sobre los lomos del cruel esposo, gritando para animarse más al castigo:

-¡Pega tú, San Pedro!

-¡Pega tú, San Pablo!

-¡Estos son los huevos...!

-¡Arrefalfadooos!

El carretero se arrastró hasta su casa gimiendo, sin cuidarse de carro ni de bueyes. Llevaba las costillas medio hundidas, la cabeza partida por dos sitios, la cara monstruosa. Quince días pasó en la cama sin poderse menear. Hoy anda como si tal cosa, porque los labriegos tienen piel de sapo; y lo único en que se le conoce que no pierde la memoria de la zurra es en que, cuando Martina le presenta cariñosamente el par de huevos de la cena, preguntándole si "están a gusto", él contesta, aprisa y muy meloso:

-Bien están, mujeriña; de cualquier modo están bien.

Mi infancia ha sido de las más divertidas y alegres. Vivían mis padres en Compostela, y residían en el caserón de nuestros mayores, edificio vetusto y ya destartalado, aunque no ruinoso, amueblado con trastos antiguos y solemnes, cortinas de damasco carmesí, sillones de dorada talla, biombos de chinos y ahumados lienzos de santos mártires o retratos de ascendientes con bordadas chupas y amarillentos pelucones. Próxima a nuestra morada -si bien con fachada y portal a otra calle- hallábase la de la hermana de papá, a la cual también favoreciera el Cielo otorgándole descendencia numerosa -nueve éramos nosotros, cinco hermanos y cuatro hermanas-. Con docena y media de compañeritos y socios, ¿qué chiquillo conoce el aburrimiento?

No inventa el mismo enemigo del género humano las diabluras que sabíamos idear, cuando nos juntábamos los domingos y días de asueto en alguna de las dos casas. No dejábamos títere con cabeza; y comoquiera que entonces no se estilaba aún lo de sacar a los chicos al campo, para que esparzan el hervor de la sangre rusticándose y fortaleciéndose, nosotros, con la vivienda por cárcel, nos desquitábamos recorriéndola en todos sentidos, de alto a bajo y de parte a parte, a carreras desatinadas y con gritos dementes; rodando las escaleras, disparándonos por los pasamanos, empujándonos por los pasillos, columpiándonos en el alféizar de las ventanas y hasta saliendo por las claraboyas de las buhardillas a disputar a los zapirones de la vecindad el área habitual de sus correteos.

Ajustándose al curso de los años, fue variando la índole de las travesuras y el carácter de nuestra birlesca. Recorrimos todas las etapas del retozo pueril. Apenas destetados, las escobas haciendo de corceles, las sillas atrailladas representando el tiro de la diligencia, los cazos y sartenes elevados a la categoría de instrumentos músicos, los muñecos despanzurrados, las pelotas pinchadas con alfileres y vacías de aire, las panderetas sin sonajas, las aleluyas hechas picadillo -despojos de la inquietud bullidora y ciega destructiva de la criatura entre tres y siete-. Luego, otros juegos ya más razonados, que revelan mayor refinamiento y conciencia; los que delatan, en el hombrecito, la tendencia a determinar profesión, y en la mujercita la vocación amorosa, el instinto maternal y el hábito, adquirido hereditariamente, del gobierno de casa. En este período, los chiquillos se apartan desdeñosamente de las chiquillas, organizan revistas y desfiles, se uniforman con quepis y apuntados de papel, ármanse con espadas de palo y fusiles de caña, desentierran los herrumbrosos sables de miliciano y los fanfarrones pistoletes de chispa, mientras alguno de la cohorte -un futuro obispo quizá- revístese la casulla hecha del floreado sayo de la abuela, y declarándose capellán del ejército, erige en un rincón su altarcillo, iluminado por mil candelicas, puestas en afiligranados candeleros de plomo, y nos emboca la gran misa de campaña. Las niñas, entre tanto, cortan refajos y gorros para una muñeca declarada en período de lactancia, y que tiene cinco o seis amas secas por lo menos: una le embadurna los carrillos de sopa, otra le compone un biberón del almidón y agua de fregar, ésta le limpia el trasero con un retal de hule, y aquella, todavía más aseada, la sepulta en un baño completo, de donde sale la mísera muñeca hecha papilla. También hay chicuelas más frívolas, menos apegadas a los santos deberes del hogar doméstico, que, en vez de cuidar de prole, se dedican a hacerse visitas o a salir de paseo, desde la sala a la antesala, muy peripuestas, luciendo ricas mantillas de guiñapos y abanicándose con la pantalla o el soplador. ¡Curioso panorama infantil de la existencia futura, teatro de inocentes marionetas, en quienes la mimesis o parodia se adelanta al conocimiento reflexivo y a la comprobación de la vanidad universal!

A todas éstas, el tiempo no paraba su rodezno volador, y llegábase para muchos de nosotros la edad empalagosa comprendida entre el segundo y el tercer lustro, transición que introducía alteraciones nuevas en nuestros pasatiempos y barrabasadas. Claro está que no todos habíamos dejado de ser chiquillos a la vez; pero por el ascendiente que ejercen los mayores sobre los pequeños, las aficiones del decanato predominaban en la taifa de rapaces. Bien se colige que ningún zangolotino anda ya recortando casullas de papel de plata, ni arranca al gallo los tornasoles del rabo para empenachar el sombrero, ni calza al gato con nueces, ni sustrae el azúcar y las pasas, con otras demoniuras del mismo jaez; en desquite, durante esa edad, llamada no impropiamente del pavo, éntrales a los chicos un furor de independencia, un delirio por fumar a escondidas y un prurito de conducirse en todo como los hombres hechos y derechos, que los lleva, ya a extremos de incivilidad, ya a derroches de galantería con las muchachas. Ellas, a su vez, hácense las dengosas y las misteriosas, unas veces riendo alto, fuerte y sin motivo alguno, otras provocando a los varones con bromas incisivas, ya confabulándose y secreteando, ya fingiendo una dignidad precoz, dominando a los chiquillos con su temprana intuición del trato y la perfidia social...

Entre nosotros, ni fueron muy prontas ni muy empeñadas estas escaramuzas de sexo a sexo. Por lo mismo que nos habíamos criado juntos desde la cuna, que los primos y primas jugaban con nosotros diariamente, no nos producíamos ese efecto, esa perturbadora impresión, mitad moral y mitad física, que causa en las imaginaciones frescas lo desconocido. No distinguíamos a las primitas de las hermanas, y con unas y otras retozábamos casta y brutalmente, a empellones, a palmadas, a carreras, sin asomo de incitativo melindre y sin rastro de cortesía o deferencia hacia el bello sexo. La fraternidad que preconiza el conde Tolstoi para las relaciones entre las dos medias naranjas de la Humanidad, realizábase plenamente en nuestros dominios.

No obstante, lo repito, la forma de nuestras distracciones ya no era la misma. Nos parecía ignominioso -particularmente a los que rayábamos en los dieciséis y calentábamos los bancos de Universidad- que todo se volviese escondite y corro, y no tener nuestras tertulias, nuestra pizca de baile, al que podíamos convidar, dándonos tono, a algún amigote privilegiado. Los días festivos, los onomásticos, los cumpleaños, servían de pretexto a la reunión: charlábamos, proponíamos acertijos, apurábamos una letra, jugábamos a prendas, echábamos los estrechos -aunque no fuesen primeros de año- y, sobre todo, nos entregábamos a bailar.

¡Bailar! En los años mozos, esta palabra tiene un sonido, un eco, un retintín especialísimo. Hay en ella prestigio singular, recóndito aleteo de esa esperanza compañera de la juventud, cuando presentimos la vida a modo de interesante novela y esperamos a la ventura como a algo positivo, que infaliblemente ha de realizarse cuando menos nos percatemos. Aparte del goce que encierra como ejercicio muscular, el chico adivina en el baile otra cosa: la representación simbólica del futuro drama amoroso, inseparable de la juventud.

Así es que bailábamos, si con total inocencia, con poderosa ilusión. Ya no envidiábamos a los estudiantes que, libres del yugo paterno, concurrían a los saraos zapateriles de los Liceos; ni a los señoritos de levita y bomba, que en el Casino obsequiaban a las damiselas con azucarillos y bandejas de yemas acarameladas. También nosotros éramos gente, y nuestra recepción se la pasábamos por el hocico a cualquiera. ¡Allí sí que nos divertíamos!

¿Qué se bailaba? Todos los bailes que Dios crió. En la inmensa sala, económicamente alumbrada, porque aún no se había generalizado el petróleo, a los sones de un piano que era en puridad una matraca, aporreado por las primillas o las hermanas menores, agotábamos el menguado repertorio de la coreografía moderna -valses, mazurcas, rigodones y galopes-, pasando después a los bailes anticuados -lanceros, virginia, minué- y a los regionales -jota, bolero, zapateado, ribeirana, contrapás-. Saltábamos como empujados por resortes internos; el sudor nos arroyaba de la frente a las mejillas; las carcajadas se mezclaban a los desacordes del piano; retemblaba el suelo; alzábase polvareda de la alfombra; y los colgantes de arañas y candelabros acompañaban nuestro brincoteo con suave y cristalino tlin, tlin.

Alguna que otra vez, desde el próximo gabinete, asomaban la cabeza las personas mayores, curioseando. Los entretenía hasta lo sumo la zambra nuestra, y el semblante un tanto severo de mi padre y la faz de mi madre, marchita por la ruda faena materna, se iluminaban de placer viéndonos contentos. Acaso nos encargaban cuidado con algún mueble de especial estimación.

-A ver si vais a romperme el fanal del florero de concha, niños.

-Ese juego de café, de porcelana, retiradlo, que si tropezáis con la consola...

-No salgáis ahora al frío; sudáis como pollos.

-Ya tenéis en el comedor el queso y el dulce de membrillo...

Nunca oíamos advertencias más duras.

Aconteció que la tarde del día de Inocentes del año... -no, la fecha la suprimo, que ya las arañas del otoño de la vida me hilaron muchos hilos de plata en el cabello-; la tarde, digo, de un día de Inocentes, bajaba yo dos a dos las escaleras de la Quintana, y por punto no me estrello contra un clérigo que las subía una a una, pausadamente, y que me llamó aturdido y mala cabeza. Nos detuvimos en el mismo escalón donde nos encontramos, y el vicario de las monjas Bernardas -pues no era otro sino él- empezó a darme el gran solo, crucificándome a preguntas. Parecíame el sitio inoportuno para la conferencia; y si a los fatigados pulmones del respetable clérigo les convenía un descansito en mitad de la escalinata, mis pocos años y mucha viveza estaban pidiendo que me pusiese en cobro. No me entretenía la conversación, ni me indemnizaba el contemplar la bella fachada gótica de la catedral, que surgía coronando la escalinata, ni allá abajo, en la plaza, la fuente monumental, en cuyo pilón los caballos marinos remojaban sus palmeados pies. Además, mi interlocutor me inspiraba cierta tirria, un violento capricho de jugarle alguna trastada. Si me dejase llevar de mis impulsos- ¡qué despiadada es la niñez!-, le empujaría para verle aplastado como una rana contra el suelo.

El padre vicario de las monjas Bernardas, fraile exclaustrado y excelente sujeto, según comprendí años adelante, cuando la experiencia me hubo enseñado tolerancia, tenía el defecto de meterse hasta en los charcos y de estar siempre arreglando las conciencias y las vidas ajenas, a poco resquicio que encontrase. ¡Ay de la casa donde tenían la debilidad de obsequiarle con una tacita de chocolate y un platillo de almíbar! ¡Ay de quien, respetando su estado y edad, oía con sumisión real o aparente alguna de sus homilías caseras! Que contase, el mejor día, con encontrar al padre vicario en la sopera, tasando las cucharadas de sopa que debe consumir una familia cristiana, o fijando el precio de la vara de seda que una señora, cristiana también, puede vestir sin menoscabo de su cristiandad. La fiscalización del padre descendía a tales pormenores, que yo, yo en persona, había oído este diálogo entre mi madre y la cocinera:

-Pepa, ¿se puede saber por qué no trajiste la lamprea, como te tenía mandado? ¿Es que no hay lampreas en la plaza?

-Hay lampreas, hay, sí, señora, y tenía ajustada una de gorda como mi brazo, con perdón.

-¿Y entonces...?

-Y entonces pasaba el padre vicario, y me riñó mucho, y me mandó comprar fanecas, porque dice que solo entre los moros se come lamprea a la colación, y que en esta casa los señores tienen conciencia, y aquel, y temor de Dios, y no se les debe traer lamprea en semejante día. ¡Me regateó las fanecas él mismo..., que las sacó bien baratas!

Excuso añadir que para los muchachos ver al padre vicario era ver al demonio. Sus consejos acerca de la severidad en la educación, la supresión de todo recreo, el sistema celular y claustral, nos parecían nacidos de un corazón maligno y cruel; y sus entremetimientos nos indignaban hasta el punto de que bastase que el padre vicario dijese haches, para salir nosotros chillando erres. Declarado esto, nadie mostrará extrañeza ni me tachará de mentiroso, por el modo con que respondí a las preguntas del exclaustrado, cuando me paró en la escalinata.

-Con que bailecitos, ¿eh? Ha llegado a mis oídos..., porque todo se sabe. ¿Y mamá lo permite? ¿Y papá no pone dificultad? ¿Y cómo se baila, hombres con hombres y mujeres con mujeres, o promiscuando? Y en la sala, ¿estáis solitos? ¿Ninguna persona formal autorizando y presenciando... el jolgorio? ¿Campáis por vuestros respetos? ¡Así, república, república! Pero, y mamá, ¿no dice ni esto? ¿Y qué bailáis? ¿Bailaréis de esas danzas tan bonitas, ¡tan asquerosas!, en que se pegan las chicas a los chicos como la oblea al papel? ¡Ah! ¡Con que efectivamente! ¡Ya lo había olfateado, ya! ¡Tengo la nariz muy larga! ¿Y por dónde os cogéis? ¿Por la cintura? ¿También las manos? ¿Las piernas... así? ¡Jesús, Jesús y Señor! Imposible parece que tu mamá, una persona hasta hoy prudente, religiosa, cuerda, esté tan ciega y tan... Y la verdad; vamos, háblame aquí como si nos encontrásemos, tú en el santo tribunal de la Penitencia, y yo con los dedos levantados para absolverte. ¡No me ocultes nada, hijo mío, nada! Un buen movimiento... ¡Salga de aquí la verdad! ¡La verdad, que es hija de Dios!... Vamos, nadie nos escucha; puedes espontanearte y descargar la conciencia de un peso. En esa sala medio oscura..., en esa soledad en que os dejan..., con esos bailes infernales y lúbricos..., ¡discurridos por el que siempre está en acecho y no se duerme nunca!..., no ha habido..., quiero decirlo con toda la limpieza posible..., no ha habido algún..., vamos, algún roce..., en fin, algún contacto..., deshonesto..., indiscreto..., alguna aproximación excesiva..., imprudente..., entre personas de distinto sexo..., algún..., alguna... posición... que...

-Sí, señor, que hubo -exclamé fuera de mí, dando salida a mi impaciencia y amontonando disparates por el gusto de amontonarlos-. ¡Vaya si hubo! ¡Pues qué! ¿Somos de cartón nosotros? Ya hemos pasado de chiquillos. Nos aprovechamos cuanto podemos, y nos damos cada panzada de sobadura que tiembla el misterio, padre vicario. Los besos se oyen desde la calle. ¿Qué se había figurado usted? ¡Aquello arde que es una gloria!

-¡Jesús, Jesús, María Santísima, Dios y Señor! Hijo mío, pero ¿qué me estás contando? -gimió el fraile consternadísimo, apretándose las sienes y dilatando los ojos de terror al ver confirmados sus recelos-. ¡Ya me lo sospechaba yo, sí que me lo sospechaba! Pero no tanto, no tanto; creí que el mal sería cosa de menos trascendencia. ¡Hijo, hijo, medita, reflexiona, detente, escúchame! Pierdes tu alma y pierdes las de tus infelices compañeros; das ocasión a un escándalo gravísimo. ¡Señor! ¡Señor! ¡Abrid los ojos a los ciegos, a los padres, que debieran vigilar y se duermen! Atiende, Ramón: es preciso poner remedio a ese daño... Es indispensable, es de conciencia que vayas inmediatamente y se lo cuentes a tu mamá, diciéndole, por ejemplo, así: "Madre..., usted no se asuste, pero tenemos que ponerla sobre aviso... En la casa ocurre esto, esto y esto... Cesen estos bailes, apáguense estas luces, entren aquí el recogimiento y el orden..."

-Pero ¡si estamos todos que nos chupamos los dedos!... -contesté, divirtiéndome en ver al señor vicario enrojecerse y despedir chispas por sus ojuelos, enterrados entre el párpado y emboscados tras la ceja tupida e hirsuta-. ¡Si no vemos el momento de que llegue el baile!...

-Muy bien, caballerito -interrumpió él con severidad y fiereza repentina-. Muy bien. El bobo soy yo. No es a usted a quien toca arreglar este asunto. Y se arreglará..., ¡pues no nos faltaba otra cosa! Se arreglará, Dios mediante. Se lo digo yo a usted que se arreglará.

Embozado en el manteo, aun cuando no hacía frío ninguno, y con heroico esfuerzo atacó velozmente la escalinata.

Aquella noche teníamos reunión danzante, por ser día festivo. Excuso decir que mucho antes de la hora, adelantándola en nuestra impaciencia, nos hallábamos congregados en la sala los futuros danzarines, divirtiéndonos, para esparcir la sangre, en hacer el remolino, ejercicio que acompañábamos con resonantes carcajadas, no bien, a fuerza de girar, se declaraba mareada alguna humana peonza. Estábamos en lo mejorcito, cuando por la entreabierta puerta del gabinete se deslizó mi madre, y en su cara y actitud comprendimos que se trataba de asunto urgente y serio.

-Ramón, ven acá -dijo encarándose conmigo y llevándome hacia un rincón-. Mira, ya eres crecido, y puedes hacerte cargo -añadió, no tan bajo que los demás, si prestaban oído atento, no pudiesen enterarse-. Está ahí el vicario de las Bernardas, y nos ha puesto la cabeza como un bombo a tu padre y a mí. Dice que sois el escándalo de la población; que nos cortan sayos las señoras de respeto, horrorizadas de lo que en esta casa acontece; que el padre te sacó los ochavos esta mañana y que tú confesaste cosas muy feas; que ni en el callejón de la Apalpa sucede lo que aquí, y que ni somos cristianos ni padres, si no ponemos correctivo... Tu padre se ha disgustado: yo también por poco suelto el trapo a llorar.

-Pero mamá, ¡por los clavos de Cristo! -interrumpí-, ¿a qué haces caso de las chocheces del padre? Por darle cuerda y hacerle rabiar, le encajé hoy en la Quintana mil absurdos. Cuanto te dijo lo inventé yo, y fue pura guasa. ¿Qué viene a contarte? ¿No presencias tú y papá, siempre que se os antoja, nuestra reunión?

-No importa, hijo mío, no importa. Tu padre está alarmado, yo también. Realmente eso de bailar... así..., cogidos...

-¡Pues así se baila en todas partes, mamá! -objeté con fuego-. En las tertulias más elegantes...

-Aquí no es tertulia elegante -arguyó mamá, que, careciendo de razones, apeló al argumento de autoridad, imponiéndose-. Y, sobre todo, los demás... allá se arreglen con su conciencia. La mía y la de tu padre nos mandan deciros lo siguiente: no más bailes. Esto se acabó. Jugad... al corro..., a las esquinas...

-¡Al corro! ¡A las esquinas! -clamé indignado-. ¡Como si tuviésemos cinco años!

-Bueno; pues si no, leed..., o armad una partida de tresillo.

-¡Como si tuviésemos sesenta!

-¡Pues haced lo que se os antoje... menos bailar agarrados! ¡Está dicho y... basta! Te encargo de hacer cumplir la orden...

-Salió la señora, y yo transmití el ucase maternal a la asamblea. Tristes y alicaídos, como si nos hubiesen administrado a cada cual una paliza, nos agrupamos alrededor del piano, amparándonos al altar del numen protector de la danza. Nos mirábamos carilargos y silenciosos, y aunque a nadie le inspiró Satanás la idea de desobedecer, a todos les sopló en el corazón la protesta. Nos sentíamos no sólo privados de un juego favorito, de un goce, sino humillados, disminuidos, reducidos nuevamente a la condición de rapaces, de mequetrefes. ¿A quién, no siendo a un chiquillo, se le veda bailar? Una de mis primitas, de once años, sofocada, se escondió detrás de una cortina, a hacer pucheros. Otra, más varonil, de doce, me dijo por lo bajo:

-Déjame encontrar en la calle al padre vicario, déjame. Le he de poner de soplón y de chismoso y de acuseta, que no haya por donde cogerle ni con tenazas. Ya verás.

-Así permanecíamos, consternados y furiosos, cuando, ¡oh sorpresa!, en la misma puerta vimos encuadrarse la respetable persona del autor de nuestros disgustos, a quien acompañaban los de nuestros días. Venía el buen vicario -porque era bueno, no lo digo con retintín irónico- rebosando por el semblante gozo y paternidad espiritual. La alegría de haber sido obedecido; la satisfacción de haber rescatado nuestras almas le infundían un júbilo visible, revelado en el afectuoso "Felices y santas noches, señoritos y señoritas", que pronunció antes de entrar. Mi madre, sonriente y como reclamando indulgencia, le daba explicaciones.

-Ahí los tiene usted... Se han quedado aturdidos los pobres... Sienten no bailar, lo mismo que si les arrancasen las muelas.

-Vamos, vamos, ¡pobrecitos! ¡Sienten no bailar! Pero, señora mía, ¿quién les manda no bailar? Yo no he dicho que no bailen. Todas las cosas de este mundo pueden hacerse; depende solamente de cómo se hagan. No pueden ni deben sus hijos de usted danzar danzas impúdicas y lascivas, a ejemplo de la meretriz aquella, Salomé, que danzaba... ¡Ya sabemos todos con qué objeto danzaba la gran culebrona! Pero danzas honestas, como la de David ante el arca...

-Pues, padre -intervino mi madre no sin asomos de impaciencia revelada en la voz-, díganos usted cuáles son esas danzas que la moral no reprueba, porque a mí me disgusta ver a los niños aburridos y tristes, y, cuando están satisfechos, parece que se me quita de encima un peso de diez arrobas. A ver, ¿qué deben bailar, según usted, los chicos?

-¿Qué deben bailar, qué deben bailar? Para que vea usted cómo me pongo en la razón, pueden bailar mil cosas bonitas... Por ejemplo: el baile del Querubín.

-¿Del Querubín? -gritamos todos, sacándonos la curiosidad de nuestra digna reserva-. ¿Qué baile es ese?

-¿No lo saben? ¡Ay! ¿Ve, ve cómo no saben lo mejor? ¿Cómo sólo aprenden las picardías? -y con ímpetu casi juvenil, el digno sacerdote se adelantó al centro de la sala-. Pues ya que no saben, voy a enseñárselo. Tú, Ramoncito, acá... -diciendo y haciendo, me condujo a una esquina del salón, dejándome allí plantado-. Ahora tú, Conchita... -igual maniobra con mi hermana mayor, solo que situándola en la esquina opuesta-. Ahora... tóquenme en ese piano una tonadita... religiosa... que conmueva mucho..., vamos, el Tantum ergo... no, ¡un villancico será más propio!... Eso... bien... lailalaro, lailá... -y el padre, animadísimo, gorjeaba-. Bueno; ahora tú, Ramoncito, sales así..., moviendo los brazos como si fueran alas, alzando un pie con mucho compás..., luego otro..., mira... -y nos daba el ejemplo-. Tú, Conchita..., cruzas las manos sobre el corazón..., bajas los ojos, muy modesta..., haciendo una reverencia a cada paso que el Querubín dé hacia ti... Así, Ramón... Conchita,

bien... Los movimientos de alas..., ¡a compás! ¡A compás!

Yo no sé quién estalló primero: creo que fue la primilla que lloraba detrás de la cortina, y cambió el llanto, instantáneamente, en una explosión de risa tan melodiosa, que parecía la caída del agua en el tazón de una fuente de cristal. A aquella bonita risa de candor, provocada por el espectáculo del padre vicario, arremangando la sotana y alzando "¡a compás!, ¡a compás!" el pie, siguieron otras carcajadas agudas o graves, que partían del grupo arrimado al piano. Yo mismo, el Querubín, no supe contenerme, y solté la risa a borbotones; y Conchita, mi pareja angelical, dando al diablo el compás y la modestia, se agarró con ambas manos la cintura, que de tanto reír se le partía. Y como la hilaridad es contagiosa, mi madre, que no pecaba de risueña, acabó por sacar el pañuelo y aplicárselo a la boca y llenársele de lágrimas de risa los ojos... Hasta observé que mi padre se volvía de espaldas y se retiraba hacia el gabinete; y a despecho de su precaución y disimulo, yo juraría, por el sube y baja convulsivo de sus hombros, que iba perdido, derrotado de risa...

Ahí tienen ustedes cómo nunca nos divertimos más que la noche en que pensamos aburrirnos mortalmente.

¡Cuán lejos veo ya aquellas doradas horas! La vida me tomó en sus rudos brazos y me zarandeó sin duelo, dándome, según acostumbra, a pena por día, y algunas veces ración doble. Sintiendo allá dentro un sublime hormigueo que llaman sed de gloria, me consagré a las letras, y emborroné algunas páginas, que ignoro si habrán de sobrevivirme. Y en el curso de mi carrera literaria, encontré varios críticos que, inspirándose en las tradiciones del padre vicario, quisieron obligarme a que sólo bailase el baile del Querubín... ¡con muchísimo compás!

Al notar los vecinos que la puerta no se abría, como de costumbre, que la vejezuela no bajaba a comprar la leche para su desayuno, presintieron algo malo; enfermedad grave y repentina, muerte súbita quizá..., ¿tal vez crimen?

Llamaban de apodo a la mendiga -a quien, por cierto, se le conocía muy bien que había tenido otra posición en otros días- la Urraca. Era debido el sobrenombre a que la buena mujer se traía para casa toda especie de objetos que encontraba en la calle. Como las urracas ladronas, cogía lo que veía al alcance de sus uñas, sin más fin que ocultarlo en su nido. La Urraca -cuyo nombre verdadero era Rosario- no hubiera tomado de un cajón un céntimo; pertenecía a la innumerable hueste de descuideros de Madrid que juzga suyo cuanto cae a la vía pública.

Algunas excelentes albanas recordaba y podía inscribir en sus fastos la vieja, conseguidas al mendigar ante la portezuela de los coches particulares. Al subirse las señoras, al bajarse, son frecuentes las pérdidas de bolsos, saquillos, tarjeteros, abanicos, pañuelos y otras menudencias.

Rosario, "tía Rosario", como le decían las vecinas, veía con ojos de gavilán rapiñero caer el objeto, precioso o baladí, y nunca se dio caso de que lo restituyese. Había tocado el barro del arroyo, y para la gente del arroyo era. Aparte de este criterio, a la Urraca se le podían fiar miles de pesetas; cada uno entiende la probidad como la entiende.

La Urraca, vestida con un mantón de indefinible tono térreo, tocaba la cabeza con un pañuelo negro verdoso, de algodón, salía diariamente, en lo más crudo del invierno y en lo más achicharrante del verano, a pedir y a merodear. Cuando los alcaldes hacían justicia de enero y apretaban en que los pordioseros fuesen recogidos, tía Rosario no extendía la mano; se limitaba a espigar, como siempre, las porquerías del arroyo. Pasada la racha, reincidía. "¡... Para esta abuelica de más de setenta años!... ¡La pobre abuelica, que está muy enferma, que tiene un mal que la mata!... ¡Un perrillo, señora marquesa!..."

La Urraca distribuía los títulos a su modo: las señoras gordas y cincuentonas, marquesas de fijo; las damas de pelo blanquísimo y avanzada edad, duquesas; las buenas mozas de treinta a cuarenta, condesas. Era cuanto sabía de heráldica.

Nadie había penetrado jamás en la vivienda de la mendiga. Por lo mismo, la curiosidad de las vecinas era aguda, rabiosa. ¿Qué encerraba aquel misterioso cuarto tercero interior de la calle de las Herrerías? Y casi -al tener un pretexto para descorrer el velo del misterio- se alegraron, sin decirlo, de lo que hubiese podido ocurrir.

Dos horas después la autoridad penetraba en el domicilio de Rosario. Desde la misma puerta, el hedor cadavérico atosigaba.

Lejos de encontrar, como pensaron, una especie de desván lleno de trastos en desorden, de inmundicias, hallaron tres habitaciones de pobre mobiliario, pero muy arregladas, barridas y sin señal de polvo. La vejezuela, en efecto, sacaba diariamente la basura a la calle envuelta en un periódico y oculta bajo el indefinible mantón color de tierra; y lejos de guardar, como la urraca, las cosas que absolutamente nada valían, las desechaba al día siguiente de recogerlas, previo el más minucioso trabajo de clasificación que se ha realizado nunca con despojos y residuos de la vida en una capital.

Centenares de cajitas de tabacos, de esas pulcras cajitas cuya madera seca y sedosa conserva el aroma de los habanos que han contenido, servían a la Urraca para almacenar y guardar, con primoroso orden, su botín. Se supo después lo que las cajas contenían: como que hubo que tasarlo e inventariarlo. Unas encerraban guantes, doblados, delicadamente; otras, pedazos de encaje; otras, alfileres de todos tamaños y formas, horquillas de todos los metales, peines, jabones, pañuelos, alguno de ellos blasonado y enriquecido con puntos de aguja y Venecia... Había flores artificiales, objetos de cotillón, desdorados y marchitos; portamonedas de plata, piel y cartón vil; devocionarios, libritos de memorias, peinas de estrás, agujas de sombreros, frascos de esencias y de medicinas. Había retratos, cartas de amor, letras sin cobrar y, en una cajita especial, billetes de Banco, una bonita suma. Más extrañó el contenido que encerraba un cofre de hierro: amén de ¡un collar de perlas!, alhajillas de menos valor, piedras sueltas, un reloj muy malo, dos o tres sortijas...

Prolijo en verdad sería el recuento del contenido de las cajas: recuérdese todo lo que puede hallarse en la calle, todo lo que diariamente se pierde en una populosa ciudad. ¿Quién no ha tenido, al volver a casa después de un paseo o de una reunión, la sensación desagradable de que algo le falta? ¿Quién no ha echado de menos, al desnudarse, la joya, el manguito, la cadena de los lentes? Fácil es inferir lo que en treinta y cinco años de mendicidad y rapiña llegó a reunir la Urraca.

Y allí estaba la vieja sobre su cama mísera, con el rostro ya afilado: sin duda la muerte la había sorprendido en el primer sueño... La raída manta, rechazada en algún espasmo de la agonía, colgaba, caída hacia el lado izquierdo, descubriendo el cuerpo sarmentoso, los secos pies de esparto, las canillas como palos de escoba maltratados por el uso... Diríase que pies y piernas cansados y gastados de tanto pisar la calle, de tanto vagabundear acechando la presa, se habían rendido y pedían descanso. La camisa, remendada, cubría mal el resto de la anatomía pavorosa de la mendiga. Las greñas, lacias, se esparcían sobre la almohada, de percalina gris, sin funda de tela. Ropas y mobiliario acusaban la miseria, la sórdida vida de una pordiosera reducida a lo estricto.

El vecindario quedó algo desilusionado: no había crimen; no había ni aun delito; ni asesinato, ni robo. La Naturaleza era la autora de aquella muerte oscura, solitaria, quizá sin sufrimiento, y que bien podía atribuirse a la falta de todo cuidado, al desabrigo bajo la intemperie matritense, a la vida antihigiénica de la mísera Urraca... Si la anciana hubiese echado mano de los recursos no escasos que poseía; si hubiese tenido buena alimentación, un mantón nuevo y lanoso, zapatos que no embarcasen la humedad, ropa interior de franela..., diez años más, tal vez, hubiese podido vivir. Pero -al menos, así me lo he explicado- entonces no hubiese gozado una felicidad que debió de compensarla todas las privaciones voluntariamente sufridas, el frío en el estómago y en los huesos, el puchero aguanoso, el calzado ensopado, que "se ríe"... ¡No hubiese experimentado esas fruiciones sabrosas que disfruta la vejez en compensación de tantas dichas como pierde! ¡No hubiese saboreado la gustosa locura del coleccionismo, el goce egoísta y callado de reunir lo que nadie ve y lo que de nada nos ha de servir!

Sí, esta era la clave; yo no podía dudarlo: la Urraca coleccionaba. ¿Qué? Todo; los objetos que nunca, dada su condición social, hubiese podido poseer; los objetos que a ningún fin podía aplicar; los objetos más heteróclitos, pero cuya busca, en la calle, constituía la ventura y la pasión de su ancianidad. Cazadora en la selva de la capital, de noche, a la luz de la pobre candileja, experimentaría emociones de intensidad violentísima al recontar y clasificar el botín. Allí estaban las riquezas que otros habían dejado de poseer y que ahora formaban el tesoro de la mendiga: allí estaban, deslumbradoras. ¿Desmembrarlas? ¡Nunca! Ni aun tocaría al billete de Banco hallado entre el cieno, a la puerta del Casino o en el umbral de la tienda... Si se deshiciese de sus hallazgos, ¿qué placer o qué comodidad podrían compensar el de guardarlos, de saber que los tenía allí, que aumentaban cada día, con la exploración ardiente en la manigua urbana? Cuanto más la aumentaba, crecía laavaricia de enriquecer la colección... Ni ante la muerte la hubiese descabalado...

Y eché la última ojeada al cadáver de la mujer que fue feliz a su manera, que gozó emociones de refinada y estética intensidad...

Y eché la última ojeada al cadáver de la mujer que fue feliz a su manera, que gozó emociones de refinada y estética intensidad...

Por tercera vez escribió el soneto, y, paseándose majestuosamente, lo declamó. Luego, meneando la cabeza, volvió a sentarse. Apretaba en la mano el papel y, sin soltarlo, reclinó la pensativa cabeza sobre el pecho. Un suspiro profundo se exhaló por fin de su boca, contraída de amargura. Arrugó convulsivamente en la mano donde aún lo conservaba el borrador, lo arrojó hecho un rebujo informe sobre la mesa y volvió a levantarse y a recorrer el cuarto, no ya al amplio paso rítmico de los lectores en voz alta, sino con el andar agitado y desigual de los momentos en que la locomoción no llena más fin que desahogar la excitación nerviosa.

-¡Otra vez, otra vez la convicción se imponía! Él no era poeta, ni lo sería jamás... No, no lo sería, aunque gastase en procurar serlo las horas febriles de sus noches, las rosadas auroras de sus días, la clama misteriosa de sus tardes y toda la savia de su cerebro y todas las emociones profundas de su corazón... Porque ahí estaba lo desconsolador, lo terrible: que en su corazón había emociones, en su fantasía plasticidades, galas y espejismos, más de los necesarios para dar materia a los versos... Y apenas este contenido de su alma quería bajar a la pluma, expresarse por medio de la rima, era lo mismo que si un chorro de agua fresca hubiese caído sobre la arena del desierto: ni señales.

Este caso del personaje de mi cuento -que se llamaba Conrado Muñoz- no es raro ciertamente... Todos hemos conocido hombres cuya conversación está impregnada de poesía, cuyo modo de ser tiene mucho de bello y de significativo, y cuyos versos son la misma insignificancia, la misma sequedad, la quinta esencia de lo vulgar y de lo cursi literario, la diferencia que encuentro entre Conrado y los demás poetas chirles que lógicamente no debieran serlo, consiste en que Conrado se conocía. ¿Hay sabiduría; hay ciencia más amarga que esta de conocerse cuando el conocimiento descubre el irremediable, el fatal límite de las facultades?

No habían podido más que la perspicacia de Conrado las fáciles lisonjas de los amigos, ni las inverosímiles benevolencias hiperbólicas de algunos periodistas, ni su propio anhelo, que es siempre el mayor engañador... Llevaba dentro implacable juez; era un crítico admirable de tino y sagacidad... también en lo secreto, en lo íntimo; porque, llegado el punto de expresar por escrito sus juicios certeros, fracasaba lo mismo que al rimar, y solo acudían a su pluma indignos lugares comunes, de una insignificancia desesperante... Dando vueltas a esa miseria de su destino, el frustrado poeta llegaba a encontrarlo anunciado en la unión de su apellido y nombre de pila. Conrado es, sin duda, un nombre muy poético y bello, de novela y de leyenda. En cambio, Muñoz huele a garbanzos y a trivialidad. ¿Comprenderíais que un gran poeta se llamase Muñoz? Así, lo primero en él, la idea, el Conrado, era estético y digno de salir a luz; pero lo segundo, Muñoz, el desempeño de la obra, era algo sin forma ni carácter, algo que tenía que acabar por ponerle en ridículo...

Sí; poseía Conrado talento suficiente para estar de ello seguro; a la larga o a la corta, el ridículo, como azote de la justicia inmanente, cae sobre los malos poetas. Cae hasta sobre aquellos que, revestidos de una cáscara engañosa, son malos y parecen buenos, y cuyos versos hasta se recitan en tertulias, entre babas de señoras y éxtasis fingidos de compañeros de profesión. Al que remeda a Apolo, Apolo acaba siempre por desollarle, como al sátiro. Conrado tenía el alma lo bastante generosa para poder contentarse con la farsa literaria. No, no era eso. Eso lo desdeñaba, lo vomitaba su espíritu; eso hasta le enloquecía de rabia. Sin duda, el que se sacia con apariencias es más feliz. Conrado estaba seguro de obtener -si desplegaba asiduidad y flexibilidad y destreza en conducirse- cierto renombre; podría ser académico, árcade, felibre... Lo malo, repito, del caso especial de Conrado Muñoz era que pretendía ser poeta ante dos testigos veraces: ante la posterioridad y ante sí

mismo... Y allá dentro, una voz burlona repetía: "No seas necio. No pretendas lo imposible. Tus versos son, en definitiva, irremisiblemente malos."

Dio vueltas como el león en su jaula, y después, abatido, vino a dejarse caer en el sillón, el mismo que le había visto tantas horas emborronar papel, morderse las uñas en busca de un concepto o un consonante, leer afanosamente los modelos para inspirarse, cediendo, a pesar suyo, a la tentación plagiaria que sufren los que no encuentran prevenida la inspiración... Y al cabo, rendido a un dolor verdadero, un dolor hermoso -que era poesía-, dejó caer la cabeza sobre las manos y filtrarse entre los dedos algunas lágrimas... Lloraba lo que más se ama: la ilusión, la quimera muerta, que al sucumbir parece que nos deja enteramente solos, abandonados, perdidos en las tristezas del mundo. Ya he dicho que dentro -allá muy dentro- de Conrado había muchos poemas, infinitas estrofas, hartos lieders y varias hondas elegías. Una de ellas era la que salía a sus ojos entonces, en forma de llanto. Como una monja magullada por los hierros de la reja, segura de concluir sus días en reclusión, sin que nadie haya sondeado el negro abismo de sus ojos, Conrado lloraba todo lo que no podía decir, todo lo que se moriría, guardado secreto, toda la divina beldad de su idea, lastimada y perpetuamente encerrada en la mezquindad de su forma... "Mi vida carece ya de objeto, carece de razón de ser -pensaba-. Mejor sería irse de ella..."

Muchos poetas, en efecto, habían terminado por ahí... Nombres gloriosos, eternamente envidiados, desfilaron por su memoria... Pero ellos eran poetas, poetas de verdad, y tenían derecho al romanticismo. No así él. Muñoz el grotesco, Muñoz el fracasado... Morir de tal suerte sería una ridiculez más. Para él, la muerte debía venir rodeada de su aparato cotidiano y burgués, el médico, las recetas, el termómetro clínico, la "itis" más usual, la que más humilla a la materia vil y paciente... Y volvió a gemir entre risas de rabia, golpéandose desesperadamente la frente inútil, la que no había sabido entreabrirse, jupiteriana, para dar paso a la Musa prisionera...

En ese sobresalto de impaciencia ambulatoria que causan los dolores agudos, requirió bastón y sombrero y se echó a la calle... Era un día de gran gentío, un domingo. Sin darse cuenta del porqué, tomó el camino de la Florida. No sabía quizá ni por dónde andaba. Su idea fija daba cuerda a sus pies de soñador impenitente. Andaba, andaba distraído, abstraído, enredándose con la villana muchedumbre, que le miraba con fisga o le empujaba con grosera insolencia. Ni se volvía. Encontraba en andar un lenitivo, y por instinto se encaminaba hacia donde hubiese árboles, aire, espacio y soledad. Fue necesario que oyese un grito salido de muchas bocas, un clamor de espanto, para que se diese cuenta de que ocurría algo insólito, capaz de sacar de su ensimismamiento a una estatua...

Volvió la cabeza y se enteró rápidamente. El tranvía, alzando nubes de polvo, volaba por una pendiente abajo, y en medio de la entrevía estaba una criatura, niña o niño, que ni eso había tiempo de ver, porque lo horrible de la situación es que de nada había tiempo; ni de que el disparado coche se detuviese, ni de que la criatura, oyendo los gritos, corriese a ponerse en salvo... No, no había tiempo material; tenía que ser aplastada la inocente víctima en mucho menos plazo del que se escribe esto...

Y tampoco hubo tiempo de que Conrado lo reflexionase. La inspiración, rebelde para lo rimado, vino súbita, fulmínea. Le deslumbró, como a Saulo el relámpago entre el cual se le aparecía Cristo. Era la muerte casi segura; para desviar a la criatura había que exponer el cuerpo... Conrado se precipitó; un segundo más tarde... hubiese sido tarde. Con un brazo echó fuera de los rieles al pequeñuelo, que rompió en sollozos, y con el otro brazo, instintivamente, quiso detener la masa de hierro y madera que se le venía encima, a pesar de los desesperados esfuerzos del conductor para sujetarla...

Y su último pensamiento -antes de perder la conciencia al despedazarse su cráneo- fue este, altivo y satisfecho:

"He escrito una admirable poesía..."

EL SINO

Durante las largas travesías -y lo era realmente aquella de Lisboa a Río de Janeiro, en un barco de muy medianas condiciones- se forman, involuntariamente, roto el hielo de las primeras horas y vencidas las congojas primeras del mareo, lazos de unión que, creando amistades pasajeras, con apariencia de profundas, ayudan a entretener el tedio de las horas en que no se sabe materialmente qué hacer.

A bordo, sin muchos libros, sin pasajeras guapas para el "flirteo" reducidos a contemplar un mar de aceite cuajado y un cielo de un azul violento, que iba siendo de metal empavonado según nos acercábamos al trópico, se anhela la más leve sensación; todo interesa. Cuando en una gran ciudad pasamos por entre la muchedumbre, ningún caso hacemos de los que nos rodean; pero entre cielo y agua, sobre cuatro tablas, los seres humanos que corren la misma aventura que nosotros nos parecen no solo hermanos en humanidad, sino amigos y enemigos declarados, a poco que el roce constante despierte la simpatía o determine la antipatía. Y aquel muchacho de tez mate, de aspecto enfermizo, no tardó una semana en hacer conmigo las mejores migas del mundo, estableciéndose entre nosotros esa confianza que impide tener secretos. Por otra parte, la confianza se estimula poderosamente con la certidumbre de que la persona a quien nos confiamos no volverá, pasadas las circunstancias actuales, a estar en contacto con nosotros; que no influiremos en su vida ni ella en la nuestra; que, verosímilmente, ni a vernos volveremos nunca. Esto nos sucedía a Sebastián Porto -tal era el nombre de mi joven amigo- y a mí. Llegados al término de nuestro viaje, no creíamos fácil encontrarnos otra vez. Él era mulato, hijo de un plantador, y se dirigía a la fazenda de su padre, situada más allá de Marañón; yo no necesitaba pasar de Río de Janeiro para los asuntos comerciales que tenía que despachar; una vez ultimados, me volvería a Europa. Nos hablábamos, pues, a pecho descubierto el muchacho y yo.

Mis confidencias fueron más optimistas que las suyas. Todo lo que Sebastián contaba de sí mismo presentaba un sello de desaliento y tristeza, a veces teñido de color supersticioso. Se creía, sinceramente, destinado a sufrir y a morir joven, y la idea de la muerte había llegado a serle no diré grata, pero sí familiar. Tenía además la pretensión de que llevaba consigo la desgracia, y me previno para que evitase su compañía, de lo cual me reía y burlaba yo. Parte por compasión, parte por temperamento, me dediqué a desanublar aquella alma envuelta en la más honda de las melancolías, que es la de las razas inferiores. Si Sebastián tuviese toda la sangre blanca, de seguro no padecería esta depresión del ánimo.

Preguntándole un día, en tono de broma, de dónde sacaba que iba a sucederle tantas cosas malas y funestas, supe que tales ideas se las había infundido su nodriza, una negra de la Costa de Oro, que había sido cimarrona y capturada por uno de esos capitanes do mato que se dedican a recoger los esclavos fugitivos. Según Sebastián, su nodriza pertenecía a una raza de negros más inteligentes, que saben de encantos, filtros, hierbas medicinales y canciones tristes, acompañadas con el banjo. En la fazenda todos la tenían por profetisa, y pocos días antes de morir la madre de Sebastián, que gozaba de la mejor salud, la negra vaticinó la desgracia.

-A mí me ha repetido mil veces que nada me saldría bien y que mi suerte será funesta -repetía el mozo, agachando su cabeza bonita, de pelo rizado, mientras sus grandes ojos negros, del más brillante terciopelo, se ensombrecían con la niebla del terror a lo desconocido...

Mis chanzas, mis escepticismos, hicieron, no obstante, favorable impresión en el espíritu del joven. Según avanzábamos en feliz navegación, habiendo transpuesto las islas de Cabo Verde, y pasando el Ecuador, entre los ritos y humoradas que los marineros, en tal circunstancia, no omiten, se reanimaba Sebastián, y hasta en el famoso bautismo de la Línea puedo decir que se mostró más alegre y exaltado que nadie, La raza primitiva, de la cual había gotas de sangre en sus venas, se revelaba también en esta violencia del gozar y de la expansión.

Poco distábamos ya del término de nuestro viaje, cuando una tarde noté en Sebastián extraño ensimismamiento. Comprendí que sus habituales preocupaciones habían vuelto a apoderarse de él.

-¿Qué te pasa? -le pregunté, pues en nuestra intimidad ya imperaba el tuteo.

-Siento -contestó- la opresión, el ahogo en el pecho que me anuncia las desventuras. En toda mi vida lo he percibido tan fuerte como hoy.

-No -exclamé, para tranquilizarle, y además porque así lo creía-. Lo que tú notas, y yo también, es el anuncio de tormenta. Los marinos conocen bien esta especie de densidad del aire, esta calma asfixiadora que nos abruma. Parece que nos rodea una capa de plomo. Ya podía esto haber ocurrido dos o tres días más tarde, en cuyo caso estaríamos entrando en la bahía de Río de Janeiro.

No tardó en verificarse mi presagio. Anochecía a la hora en que sentimos los primeros amagos de tempestad.

Ráfagas furiosas de viento sacudieron la embarcación, como sacude la pasión un alma trémula. Se oyó el siniestro silbido de las jarcias y el castañetazo seco de la vela, estallando de puro tensa, próxima a romperse. La tablazón del buque crujía como si fuese a desencuadernarse; la madera rechinaba y se quejaba hondamente. El barco cabeceaba, lidiando embravecido él también con las altas olas enemigas, enormes, que tan pronto ascendían a los penoles como se precipitaban por debajo de la quilla, levantando a la embarcación para dejarla caer en breve al abismo. Reventando en inmensa masa líquida, aterradora, contra la frágil caja de leño en que unos cuantos hombres luchaban con el monstruo, las olas emitían su ronco y feroz canto de guerra y nos amenazaban con segura muerte...

En casos tales, los pasajeros siguen su inclinación: si son medrosos, se refugian en la cámara, apiñados, rezando o mudos de puro miedo; si son animosos, salen a cubierta y tratan de hacerse útiles, aunque comprendan que sólo los marinos de profesión pueden lidiar con la fiera.

Sebastián y yo subimos a cubierta desde el primer instante. El muchacho parecía haber olvidado sus negros presentimientos ante la acción y el inminente peligro, que tiene la virtud, por su misma fuerza, de curar a las enfermas imaginaciones. Empeñábase en auxiliar a la escasa tripulación, que, a la luz de los relámpagos, veíamos subida a las vergas, agarrándose desesperadamente, en su ardua faena de coger rizos. Cuando el relámpago nos iluminaba, reflejándose en la húmeda cubierta y en la palpitante superficie del mar, nos sentíamos más resueltos que cuando la oscuridad profunda nos envolvía. La luz, aunque sea esa luz terrible que precede al trueno, tiene la virtud de consolar.

Hubo un momento en que no nos veíamos ni el bulto, y sólo oíamos la voz rota y enronquecida del capitán gritando órdenes, que el fragor de la tempestad impedía comprender. Y de súbito, entre los clamores del combate, he aquí que se destaca un grito angustioso, una lamentación de agonía. Conocí el acento de mi amigo... Acababa de arrastrarle el agua.

Un relámpago me quitó la duda que pudiese quedarme... Le vi perfectamente en la cresta de una ola, luchando para aproximarse, y empujado en distinta dirección, a pesar suyo. Grité: no sé de dónde saqué tal chorro de voz... "¡Sebastián! ¡Sebastián! Espera, sostente..." Un cabo apareció, no sé cómo, y un marinero me ayudó a lanzarlo. Era un cabo recio, sólidamente amarrado y que atirantaríamos con todo nuestro vigor. Y repetíamos, enloquecidos de compasión y de ansia de salvar aquella vida: "¡Hombre al agua! ¡Hombre al agua!"

El capitán nos oyó... Corrió hacia nosotros; algunos hombres se nos unieron; Sebastián había cogido el cabo y se esforzaba en acercarse al costado del buque; pero se lo impedían las olas, ladrantes y espumantes como alanos que se arrojan sobre la pieza de caza. "¡Valor! -le gritábamos-. ¡Aprieta! ¡Hala!" Veíamos que se agotaba su resistencia, que se crispaban sus nervios, que se descomponía su semblante. La rápida marcha del buque nos obligaba a derrochar inútilmente fuerzas en el trágico salvamento... Ni el náufrago ni nosotros podíamos más... Y rabiosas como nunca, trepaban las olas a querer hundirnos... Hicimos un esfuerzo supremo; tiramos con loca rabia; el cuerpo del náufrago se alzó un instante; ya le creíamos nuestro. Y, en el punto mismo, un relámpago me permitió ver su gesto de desesperanza suprema, su fatalista renunciación. Sebastián desapareció entre el agua espumeante, que se abrió para tragarle, boca ansiosa, nunca saciada...

Y al punto mismo -como si el mar aceptase la ofrenda expiatoria de no sabemos qué antiguo crimen- el viento amainó, el oleaje se apaciguó y pudimos continuar tranquilamente nuestra travesía hasta llegar a la bahía más bella del mundo.

PARACAÍDAS

¡Es tan vulgar el caso! Al tratarse de infortunios, asaz comunes, corrientes y usuales, ocurre, naturalmente, desenlaces previstos también: el disgusto momentáneo en la familia, un período de rencillas y desazones, y, al cabo, la reconciliación, que cicatriza más o menos en falso la herida, pero siquiera ataja la sangre del escándalo...

No obstante, algunas veces la realidad presenta inesperadas complicaciones, y no son los finales tan pacíficos y burgueses.

Hay siempre, en las grandes penas de la vida, un momento especialmente amargo. En apariencia, se agranda el abismo del destino, y los que a él se asoman sienten que es insondable ya. Para Celina fue este momento aquel en que participó a su madre la resolución adoptada, y vio su propia desesperación reflejada en las mejillas, ya consumidas por la edad, y en los ojos amortiguados -había llorado mucho- de la infeliz señora.

Todo padre está sentenciado a sufrir no los dolores que normalmente corresponden a una vida humana, sino los de muchas vidas. Eso es, principalmente, la maternidad: solidaridad con unos cuantos seres para sufrir doblemente lo que ellos sufran.

La madre de Celina, aquella modesta y resignada señora de Marialva, tenía el corazón, según la hermosa imagen mítica, coronado de espinas, pero espinas maternales.

De seis hijos le quedaban tres. Los otros, una niña preciosa, una flor, y dos mocetones, con su carrera terminada, habían muerto en lo mejor de la edad, del mismo mal que su padre, aunque ahora dicen los médicos que la tisis no se hereda.

Los dos muchachos que vivían, habían salido haraganes, viciosos, derrochadores, y en meses no aparecían por su casa, a menos que viniesen a pedir dinero. Uno de ellos, el más joven, acababa de ser descalificado y expulsado de un Círculo por graves indelicadezas en el juego. El único oasis donde podía reposar la señora de Marialva era el hogar de Celina, esposa de Tomás Espaldares, cosechero y exportador de vinos. El matrimonio Espaldares parecía enteramente feliz. Rico y generoso, Tomás era pródigo en obsequios a su mujer, a la cual seguía tratando con galantería de novio, y a su vez Celina, casada por inclinación, no por codicia de los millones del cosechero, estaba cada día más prendada, con la vehemencia de su sangre, tal vez mora, pues los Marialvas venían de Granada, de familia serrana y vieja. La única nube era la falta de sucesión; pero ¡había tiempo!, y la madre de Celina decía siempre: "No los desees, o pide a Dios no tenerles demasiado cariño."

Al enterarse de la desgracia de Celina y del extraño propósito que venía a anunciar, la señora de Marialva sintió la herida en el único punto sano, en lo intacto de su vitalidad, y una palpitación violenta denunció el estado cardiaco, la sofocación cruel. Celina, tiernamente, la cuidó, prodigándole cariños, besándola, entre llanto y palabras bruscas, afectuosas.

-¡Mamá, no te aflijas; todo tiene remedio en el mundo! Dentro de dos años estaré acostumbrada a mi nueva condición, y es fácil que contenta y divertidísima. Y si no estoy contenta, por lo menos estaré vengada. ¡Vengarme! Debe ser muy bueno. Que sepa, que sepa cómo duele...

-Celina -aconsejó la madre, ya un poco repuesta y dominando su mal-, tú estás loca en este momento, y cuando estamos locos, hay que suspender toda determinación, porque no somos nosotros quienes determinamos, sino nuestra locura. ¡Hija de mi vida, pobre es el consuelo; pero tu caso es tan corriente: Todas, o casi todas las mujeres, hemos..., hemos...!

-¡Mamá -suspiró Celina con ternura respetuosa-, si mi caso es corriente..., mi alma no lo es! Y como los casos son según las almas, ahí tienes por qué no cambia mi modo de sentir el que sea corriente el caso. No creas, a Tomás se le previene: el día en que se cansase de mí, debía decírmelo, decírmelo claro, sin ambages; nunca exponerme al ridículo, a la afrenta, a la sorpresa de la traición; a encontrarme sustituida y, ¡por quién! No, mamá; ¡si ya no lloro!; se me han secado las lágrimas. Si volviese a llorar, sería de vergüenza. ¿Sabes tú lo que es confiar absolutamente, incondicionalmente, en una persona; creer que en ella no cabe la vileza ni la mentira... y descubrir de pronto, por casualidad...?

-Sé de todas las penas -respondió la señora-. Las mujeres nacemos para eso: para ser burladas... y perdonar.

-¡Según! Yo no soy tan buena, ¡no! Cada uno, te lo he dicho, siente y quiere con su propia alma. No he salido a ti; saldré a algún abuelo vengativo. ¡Quiero vengarme! ¡Única dicha que ya me queda!

-Pero ¡si vas a empeorar tu situación!... ¡Si te haces daño a ti misma!... ¡Si te vengas suicidándote!...

-¡Y quién no te dice que eso es lo que busco! -exclamó Celina con tan desconsolada expresión, que la madre se echó a llorar de nuevo-. ¡Vamos, no llores, mamita, no llores!... ¡Creí que había agotado el sufrir, y me faltaba eso!..., ¡el peor rato! A bien que, desde mañana, ¡viva la alegría! ¡Cuánto voy a reírme! Adopto una profesión festiva. Tomás no tendrá nada que decir. ¿No me vendió por una actriz de teatrillo? Pues cupletista me hago. Dicen que sirvo admirablemente para el oficio. Parece que tengo la figura, la voz, los movimientos..., todo.

Soltando una carcajada sardónica, se colocó en actitud de dar gracias al público.

-Visto que no hay fe, ni ley, ni palabra, que todo, todo es mentira..., ¡todo, todo!, vamos a divertirnos, a reírnos, madre... Me aplaudirán muchísimo; recibiré regalos a montones; ramos de flores a cestas, como los que Tomás le manda a esa mujer; los he visto... Y también he visto las cuentas de las alhajas... Catorce mil duros, ¿eh?... No se trata de un capricho pasajero. Y tampoco en mí se trata de una pasajera manía. Cada mañana, en los periódicos, encontrará detalles de mis triunfos, de mis piruetas, de mis gorgoritos... ¡Oh! ¡Que tenga paciencia; era cosa convenida entre nosotros que el engaño da derecho al desquite!

-Tu marido puede oponerse a que hagas ese género de vida.

-¡Se guardará! -replicó Celina, sombríamente-. Sí, usando de facultades que la ley no debiera darle (ya que la ley no le vedó partirme el corazón); ¡entonces me acordaré de que hay tantas cosas que la ley no puede prohibir!...

La señora tembló. Su palidez se hizo azulada. Se llevó al pecho la mano.

Celina la abrazó otra vez estrechamente.

-¡Mamá, no te pongas enferma, no te mueras! Si la maldad de ese hombre me cuesta, además de mi felicidad, tu vida, entonces...

Un relámpago fiero brilló en los árabes ojos de la granadina.

-Ya sabes que soy mujer que cumple lo que dice. Te advierto que en el primer momento pensé en esa solución, y era la más justa. Habíamos convenido también en que si yo le engañase con falsedades y mentiras, era natural que me matase. Es él quien engaña; luego es él quien debe morir. Si te molesta mucho que yo cante en escenario, dilo..., ¡y se cumplirá de otro modo la justicia! Porque, cumplirse..., eso, ¡no hay remedio!

La madre miró a su hija y comprendió. Sobre aquel cerebro, envuelto en una nube roja, no actuaban, no podían actuar, ni el consejo, ni la escéptica y resignada filosofía de "mal de muchas..." Quizá más tarde se pudiese influir sobre aquella alma infernada. En aquel momento, no.

-Te doy palabra -murmuró la señora, con heroico esfuerzo- de no enfermar, de no morir... Tú sigue tu impulso... Pero, como no has de andar por el mundo sola, iré contigo... ¿Me lo permites, Celina? ¿Me lo permites?

La hija se arrodilló y besó las manos trémulas.

-Sí, vente, madre... ¿Quién sabe si me salvarás?